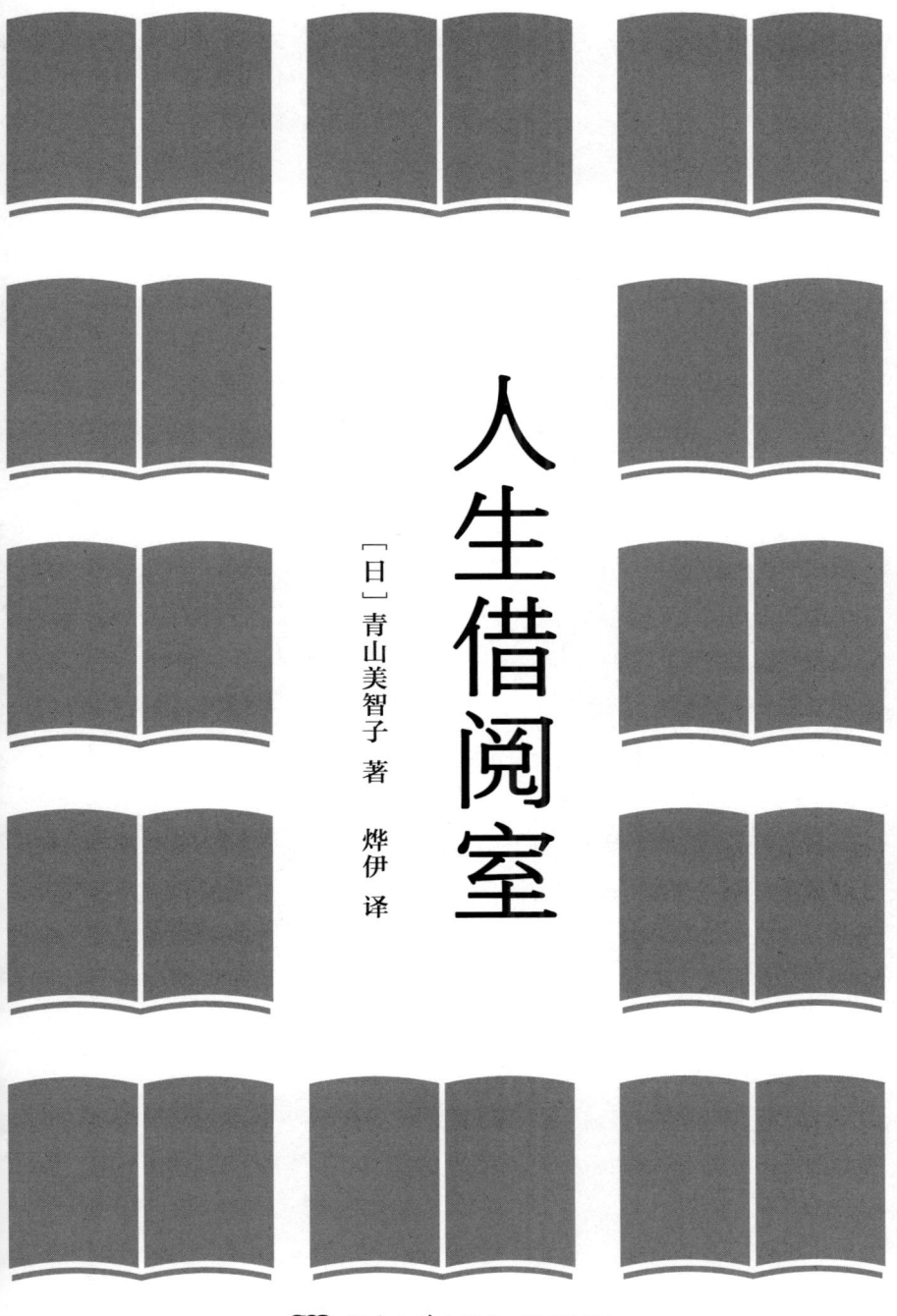

人生借阅室

[日] 青山美智子 著
烨伊 译

湖南文艺出版社

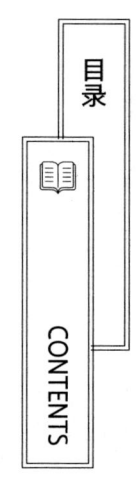

目录 CONTENTS

001 第一章 朋香 二十一岁 女装销售员

047 第二章 谅 三十五岁 家具制造公司财务人员

095 第三章 夏美 四十岁 前杂志编辑

145 第四章 浩弥 三十岁 啃老族

191 第五章 正雄 六十五岁 退休人员

241 附录

"我有男朋友了"——沙耶发来 LINE[1] 消息,我问:"是个怎样的人?"她只答了一句:"医生。"

我问她男朋友是个怎样的人,她却完全忽略对方的性格和外貌特征,只回答他的职业。可即使同是医生,也人人不同呢。

不过她之所以这么答,多半是因为这个回答可以简单明了地概括对方的大致形象。职业可以描绘一个人的特质。听说对方是个医生,我确实也觉得自己对他有了一定的了解。尽管那只是一种直观的或者说极为主观的印象。

既然如此,我的职业在大部分人眼中,又有怎样的特质呢?是否能让某个不认识我的人,听到我的职业就有了解我的感觉呢?

天空般浅淡的蓝色手机屏幕上,沙耶继续细碎地和我聊着她相亲认识的那位新男友。

沙耶是我老家的朋友。我们从高中就认识了,我到东京读短期大学又留在东京工作后,她也经常和我联系。

"朋香,你最近怎么样?"

---

[1] LINE 是韩国互联网集团推出的一款即时通信软件。——译者注(后文无特殊标注均为译者注)

看到沙耶发来的消息，我的指尖停顿了一下。哎，真是的。

"た"，输入这个假名，系统推荐的第一个联想词是"开心"，我就直接发了出去。其实，我真正想回复的是"无聊"[1]。

我在伊甸园超市工作。

在这个以乐园为名字的大型商超里，我每天身穿黑马甲和西装裙，负责收银和接客。春天、夏天、秋天都是如此，即将到来的冬天也一样。短期大学毕业后我进入超市工作，转眼就过去了半年。

十一月，店里开了暖风。套着长筒袜的脚闷在瘦小的浅口鞋里，我能感到紧紧并在一起的脚指头被汗水泡得起皱。

在需要穿制服的职场工作的女人，多半有相同的感受，而伊甸园的制服特色是珊瑚粉的罩衫。珊瑚粉，是带些橙色的桃色。实习的时候，前辈告诉我，这是超市请有名的色彩搭配师帮忙选的颜色。除了给人明快柔和的印象，"适合所有年龄层的女性"似乎也是选中这种颜色的理由之一。正式工作后，我深有体会。

"藤木，我刚休息完。你去休息一会儿吧。"

钟点工沼内回到收银台对我说。她重新涂的口红黏糊糊地闪着光。

我被安排在服饰用品部门的女装卖场。沼内是在这家超市工作了十二年的大前辈，上个月，她说自己的生日到了，年龄正好

---

[1] 在日语中，"开心"（楽しい）和"无聊"（退屈）的第一个假名均为"た"。

凑成对数。看她的样子不会是四十四岁，也不是六十六岁，应该是五十五岁吧，和我妈妈岁数差不多。

珊瑚粉的罩衫果然也很适合沼内。看来这罩衫的设计，主要照顾了超市的大部分员工：以小时工为主的中年女性。

"藤木，最近你总是卡着点回来，要注意啊。"

"……不好意思。"

沼内在小时工中算是领导般的人物，像个纪律委员。她的规矩很多，每次说的话却一点没错，教人拿她没办法。

"那我去休息了。"

我朝沼内点点头，走出收银台。路过卖场时，看到货架上的商品有点乱，我正要动手整理，却被顾客叫住了。

"喂，你来一下。"

我回过头，是一位女顾客，年纪和沼内差不多，没有化妆，穿一件陈旧的羽绒外套，背着起了毛边的旅行包。

"哪件好呀？"

她一手拿着一件针织衫，举着给我看。一件是紫红色的 V 字领，一件是褐色的高领。

超市的服装区和专卖店不同，卖场的员工不会主动推销，这让我放松不少。当然，若是顾客主动问起来了，我们也不能把人家晾着不管。

要是刚才无视那些乱糟糟的货品，直接去休息就好了。我心里这样想着，看了看那两件衣服："我觉得嘛……"说完，我指了指紫红色的那件。

"这件比较好吧，华丽一些。"

"是吗？我穿会不会太艳了？"

"不，没有的事。不过，如果您喜欢看上去沉稳一些的，这件褐色的也不错，穿上之后脖子也暖和。"

"但我觉得褐色的有点土啊……"

我们开始了没有实际意义的讨论。我问她要不要试穿，她便回答："太麻烦了，算了。"我忍住叹气的冲动，决定对紫红色那件集中火力。

"我觉得这件颜色好看，更适合您。"

当我放出这句话后，气氛终于有了变化。

"是吗？"

顾客仔仔细细地盯着紫红色的毛衫看了一会儿，抬起头：

"那就它了。"

她站到收银台前的队伍里，我将褐色的高领衫叠好放回货架。仅有的四十五分钟休息时间，已经少了十五分钟。

我推开员工专用门，在走廊里和一位风格年轻化的品牌服装专卖店店员擦肩而过，苔绿色和白色交织的格子纹喇叭裙随着她的步态摇曳。

专卖店和我所在的卖场都位于服装饰品的楼层，可专卖店的女店员就打扮得很可爱。她穿的应该是店铺里的商品吧，上衣是一件休闲风格的罩衫，头发打着卷。有这样的女孩在伊甸园上班，整个商超都显得时尚了些。

我去了一趟储物室，拿了休息时用的塑料手提包，往员工食堂走去。

员工食堂的菜单基本由荞麦面、乌冬面、咖喱和每周轮换的煎炸食品组成。我吃过几次，但有一回，食堂大婶给我盛错了菜，提醒她时，她的反应十分粗鲁。后来我就没再打过饭。那之后，我基本都在食堂吃在上班路上去便利店买的面包。

食堂里四处绽开珊瑚粉色的花朵，偶尔闪过一个穿白衬衫的男员工和几个穿着专卖店洋装的人。

我旁边那一桌忽然传来刺耳的笑声。四个小时工围着一张桌子，她们穿着制服，热火朝天地聊着老公和孩子的事，看上去很开心。也许在顾客眼中，我和她们一样是"珊瑚粉小队"的一员，但老实说，我害怕那群人。我知道自己绝对吵不赢她们，所以只好避免纠纷，她们说什么就是什么。

……我的状态，好像不太对啊。

我在伊甸园工作的理由只有一个：只有这家公司录用了我。

去伊甸园面试没什么特别的缘由。不光是伊甸园，我去其他公司面试也一样没缘由。那时我想着自己反正也干不了大事，只要有地方愿意要我，无论是什么公司都无所谓。

我面试了三十家左右，全部落选。正在我疲惫不堪的时候，伊甸园发来了录用通知——那就这样吧，我这样想，之后就不再找工作了。对我来说，最重要的是在东京住下去。

要问我是不是想在东京成就一番大事业，其实也并非如此。硬要说的话，我也不是非要留在东京，无非是我不愿意回乡下罢了。

我的老家离东京很远，一眼望过去，农田一片连着一片，无边无际。从我家到大马路上唯一一家孤零零的便利店，要花十五分钟的车程。杂志发售比大城市晚几天，没有电影院，也没有综合商业大厦，连一个像样的餐厅都没有，快餐店就算是不错的馆子了。从上初中起我就腻烦了这一切，一心想要尽早走出乡村。

老家的电视只有四个频道，电视剧的影响对我是巨大的。小时候，我以为只要去了东京，就能像女演员们一样，在那个应有尽有的城市，过上打扮入时的浪漫生活。因此，我拼命学习，考上了东京的短期大学。

尽管来到东京后我立刻意识到,小时候的想象不过是一场宏大的幻想,可无论在东京的哪个地方,步行五分钟的范围内都有好几家便利店,隔三分钟便有一班电车经过,在这些方面,东京到底是我梦寐以求的城市。不管怎么说,只要在东京,随时都能买到日常用品和做好的饭菜。我彻底习惯了如此轻松的生活。伊甸园在关东地区有好几家店,我决定加入离住处一站地的店铺工作,上下班也很轻松。

可是,偶尔会有一个念头猛地掠过脑海:接下来我要怎么办呢?

决定去东京时狂热的冲动和梦想实现后沸腾的思绪,都已经化为泡影。

老家几乎没有考到东京的孩子。在大家夸我"好厉害啊"的赞叹声中,我神清气爽地奔出了乡下,可到头来,我压根没有变得厉害。

尽管想做的事很多,开心的事也不少,我却并没交到男朋友。我来东京只是为了过上方便的生活,即使回到乡下也是个一事无成的人。

我就要这样无所谓地在伊甸园待下去,然后无所谓地变老吗?没有目标,也没有梦想,只能裹着珊瑚粉的罩衫,渐渐走向老朽?这份工作不是双休,于是我和朋友的交流少了,也交不上男朋友——尽管这不是我社交匮乏的全部原因。

换工作。

这个词无数次从我的脑海中掠过,但这大概需要耗费难以估量的心力,于是我迟迟提不起精神来做。是的,我没有成事所需的基本气力,就连立刻写一份简历,对我来说都是一场浩劫。

话说回来，应届毕业却只能去伊甸园上班的我，还想在半途跳槽，真的有地方可去吗？

"啊，朋香。"

端着餐盘的桐山君向我问好。这个男生在一家名为ZAZ的眼镜专卖店上班，比我大四岁，今年二十五，是我在这个职场中唯一一个可以在交流时无所顾忌的人。

桐山君四个月前到店上班，他不是伊甸园的员工，而是ZAZ的职员，所以不时会被叫去支援其他店铺。我们有阵子没聊过天了。

他的餐盘上放着炸竹笑鱼套餐和乌冬肉酱面。桐山君不胖，但很能吃。

"我坐这里，可以吗？"

"嗯。"

桐山君在我对面坐下。圆乎乎的细框眼镜挺适合他，衬得他目光深处暖融融的。我觉得，他找到了合适的工作。说起来，我之前似乎听人简单地说过，桐山君在到ZAZ上班之前也做过别的工作。

"桐山君，你的上一份工作是做什么的？"

"嗯，我吗？之前是做杂志的。做个编辑，写点文章。"

"哎——"

我大吃一惊。原来他之前是做出版的啊。态度温和、为人亲切的他，在我眼中一下子变成了消息灵通的知性青年。看来职业确实会影响人的外在形象，即使是过去的职业经历也不例外。

"你怎么这么惊讶？"

"那不是很棒的工作吗？"

桐山君微微一笑，吃起乌冬面来。

"卖眼镜也是很棒的工作啊。"

"也对啊。"

我笑着啃了一口香肠面包。

"朋香的口头禅是'很棒'吧。"

"哎，是吗？"

也许是吧。

沙耶说男朋友的事时，我好像也回了好几个"好棒啊"。我到底觉得棒在哪里呢？特殊的才能？丰富的知识？还是因为那不是谁都会做的简单的工作？

"我会不会在伊甸园待到无药可救啊。"我边喝草莓牛奶边嘟囔。桐山君听了，挑起一边眉毛问道：

"你怎么了？想换工作了吗？"

我踌躇片刻，小声回答：

"嗯……哎，最近有在考虑这个。"

"还做服务业吗？"

"不了。换的话，想在办公室工作。穿衣服不受限制，周末能休两天，还有自己的工位。可以在公司附近的咖啡厅和同事吃午饭，在茶水间吐槽领导。"

"……完全没有关于工作本身的设想啊。"

桐山君苦笑。不过，我也不知道具体会找一份怎样的工作，这也没办法嘛。

"朋香毕竟是公司员工，努力几年，应该也能去总部发展了吧？"

"这倒也是啦。"

伊甸园规定，员工入职后至少要在店铺工作三年。之前确实有人在卖场积累了工作经验，然后提出申请调到了总部。有去总务部、人事部的，如果是去产品研发部，就是做采购或活动企划的。这些都是我说的办公室工作。

但我听说，提出申请后，实际得到批准的人很少。还是在店铺工作到一定程度，升职为"部门主管"更为现实。我的领导——那个叫上岛的没精打采的男人走的就是这条路。看到五年前升职为部门主管、今年三十五岁的他，我便觉得，就算干得再好，未来的自己也不过如此。说是升职，实际上工作内容没什么变化，不过是肩上多了一份责任。最要命的是要管理那些钟点工。光是想想我都感到脊背发凉。就是给我涨多少工资，我也没那个自信。

我问桐山君：

"ZAZ的这份工作，你是怎么找的？"

"你去求职网站上看看，有好多招聘启事呢。我就是从那里选的。"

桐山君打开手机，给我看网站的界面。

输入想做的职业种类和自身的履历、技能等信息，系统会将匹配的招聘信息发到邮箱里。我看了看需要填写的内容，相当细致：各种资格证的有无、托业考试分数、是否有驾照……每一项前面都有一个小方格，方便勾选。

"技能啊……我就只有英语三级。"

早知道就先考个驾照了。老家的人没有车就无法生活，高中毕业的春假，大家一股脑地去驾校学车。当时我已经定下要去东京，觉得没这个必要，就荒废了一整个假期。英语考试也是上初中的时候，在学校半强制性地要求下考的，三级基本上没有任何分量。

我翻看登记表，计算机技能那一项下面，细分的内容更多：Word、Excel、Powerpoint。[1] 除此以外，还有不少我听都没听说过的东西。

我有一台笔记本电脑，上短期大学的时候用它写报告和毕业论文。但工作后，基本没有写这类东西的机会了。有一天，路由器突然坏掉，买新的还要配置无线网，我嫌麻烦，也不太会弄。从那以后，电脑就一直关着。反正就算不用电脑，单凭手机也能解决日常需求了。

"用 Word 打字的话，我应该还行，Excel 就不会了。"

"想做办公室工作的话，至少应该会用 Excel 吧。"

"但去学校学习，学费也挺贵的。"

没想到，桐山君冒出这么一句话来：

"不用去学校，公民馆或区民中心也经常有这类培训，是面向附近居民的计算机班，费用并不高。"

"哎，是吗？"

我吃完面包，将口袋攥起来，看了一眼手表。休息时间只剩下不到十分钟。我一会儿还想去趟厕所，如果不能在休息时间结束前三分钟的时候回到收银台，沼内就会发火。

我喝光草莓牛奶，站了起来。

那天晚上，我在手机上输入自己住的"羽鸟区"和"区

---

[1] Word、Excel、Powerpoint 均为微软公司开发的办公软件，软件套装名为 Office。

民""计算机班"几个关键词，按下搜索键，居然搜出很多信息，相当惊人。没想到能搜出这么多东西来。

"羽鸟交流之家"引起了我的注意。看了下地址，离得很近。辅导班好像就开在离我家走路十分钟以内的小学里。

我打开它的主页细看，交流之家办各种各样的讲座和活动——将棋、俳句、音律学、草裙舞、健康体操，还经常组织插花和学习会等活动。只要是羽鸟区的居民，似乎谁都可以参加。

没想到小学里竟然有这样的机构。我在这间公寓住了三年，却对此一无所知。

计算机班的上课地点好像在会议室。可以自带笔记本电脑参加，也可以借用班上的电脑。培训费一次两千日元，培训时间是每个星期三的下午两点到四点。培训属于私人课程，学生可以随时去听课。开课时间不在周末而在工作日，这让我很感激。按照本周的排班，我正好星期三休息。

"欢迎初学者参加，也欢迎推荐想按自己的节奏学习的人来听课。讲师一对一辅导。计算机的操作方法、Word 及 Excel 的使用、主页制作、编程都可以学习。讲师：权野"。

……这个辅导班说不定适合我。

我打开申请表，填了个人信息。虽然事情八字还没一撇，但我已经开始想象自己熟练使用 Excel 的样子了，这让我有种久违的自豪感。

两天后，星期三到了，我带着笔记本电脑来到那所小学。

按照主页上的地图，在小学的围墙拐角处有一条小路，从这里应该就能走到交流之家。那是一栋两层楼高的白色建筑，玻璃门上有一个房檐似的小屋顶，上面挂着"羽鸟交流之家"的牌子。

我推开门，进门就是前台，一位满头白发的大叔坐在柜台后面。前台往里是办公室，一个头上包着染花头巾的阿姨在桌子前面写东西。我向大叔询问：

"您好，我是来上计算机班的……"

"哦，把这个填一下。计算机班的教室是 A 会议室。"

大叔指了指台面上的活页文件夹。那上面夹着一张表，记录着来访人员的姓名、来访目的、出入时间。

A 会议室在一层。经过前台，里面有个大厅模样的空间，在那里往右一转便是。拉绳天窗开着，能看见里面的情景。一张长桌的两边摆着椅子，已经有一个看上去比我略微年长、头发蓬松的女人和一个四方脸的老爷爷面对面坐在里头，各自面对着一台电脑。

我以为讲师权野是个男人，没想到是个五十五岁左右的女人。我报上自己的名字，权野老师对我露出一个爽朗的笑容：

"挑你喜欢的位置坐。"

我选了女人坐的那一排最靠边的位置。老爷爷和女人都集中精神盯着屏幕，没怎么留意我。

我打开自己的笔记本电脑。以防万一，我在家里也提前开机试了试。可能是因为太久没充电了，启动电脑花了不少时间，但用起来似乎没有什么问题。

不过，由于我平时只用手机，如今根本不会用键盘打字。大概连 Word 都需要练一练了。

"藤木同学是想学 Excel 对吧？"

我在申请表上写了想学 Excel，权野老师大概是事先看过吧。

她盯着我的电脑看了一会儿。

"是的。不过这台电脑没装 Excel。"

权野老师大致看了下屏幕,然后灵巧地点了几下鼠标。

"装了啊,我帮你设个快捷方式。"

屏幕一角出现了一个绿色的方形图标,有代表 Excel 的"X"字样。

我大吃一惊。这台电脑之前就装了 Excel 吗?

"我看你有在用 Word,估计电脑里装过 Office 了。"

装过 Office?虽然不明白她在说什么,但装了就好。说起来,我连 Word 也不会装,还是上短期大学的时候请班上的同学帮忙装的。这就是依赖他人的下场。

接下来,我在老师的帮助下,从零开始学 Excel。老师教我一会儿,又去其他两位学生那里看看,她尤其关照我这张生面孔。

学到的知识中,最让我震惊的是将输入几列数字的格子用鼠标圈起来,按一个键,电脑一下子就能算出总和。Excel 竟然有如此方便的功能,我不由得"哎!"地发出感叹,搞得老师哭笑不得。

按老师的安排练习时,我听到其他学生和老师的对话。他们两个人应该都来这里上过几次课了。老爷爷在做一个跟野花相关的网页,女人好像想开一家网店。

……原来我百无聊赖地虚度光阴时,在离我如此近的这样一间小屋里,正有人在积极地学习。想到这儿,我更不好意思了。

快下课时,老师对我说:

"我的课没有特意准备教材,但可以推荐你几本书。不过,你不必局限在这些书里,尽可能多到书店或图书馆里看看,找一些适合自己的书。"

她列了几本电脑指导书给我,继而粲然一笑道:

"对了,交流之家里也有借阅室。"

借阅室。

这个词念出来有一种温柔的回响,仿佛让我回到了学生时代。

"那边可以借书吗?"

"嗯,羽鸟区的居民都可以借。好像一次最多借六本,借期两周。"

这时,老爷爷叫老师过去,老师便走开了。

我将老师提到的书名记下来,关上笔记本电脑,离开了房间。

借阅室在一层的尽头。

路过两间会议室和一间和室,开水间旁边的房间好像就是了。

门口的墙上挂着写有"借阅室"的牌子,拉绳天窗敞得很大。

我悄悄往里面看,一间教室大小的屋子里,摆着一排排的书架。

进门左手边是柜台,角落里摆着"借出、返还"的牌子。

一位系着深蓝色围裙的小个子女孩,正把文库本放回柜台前面的书架上。我果断开口问道：

"不好意思，这里有计算机方面的书吗？"

女孩猛地抬头，一双眼睛大得惊人。她年龄不大，看上去像个高中生。马尾辫的发梢摇摇晃晃。胸前的名牌写着"森永望美"。

"计算机方面的书啊，在这边。"

森永望美放下手中的几册文库本，带我走过阅览桌，来到墙边的一个大书架前。

计算机、语言学、资格考试，架子上的书分门别类，一清二楚。

"谢谢您。"

见我注视着书架，望美笑着说：

"如果您需要咨询，可以到里面找图书管理员。"

"咨询？"

"是的。您可以告诉管理员，自己想找什么样的书，她会帮您的。"

"非常感谢。"

我对望美点了点头。她也对我轻轻颔首，然后回到放文库本的书架前面。

我环视放计算机类图书的书架，没有权野老师推荐我读的书。我自己又完全不知道该选哪一本，便决定听听图书管理员的意见。

刚才那个女孩说，图书管理员在里面？我回到前台的位置，往借阅室的里面张望，看到了一扇屏风。屏风后面的天花板上垂下一块牌子，上面写着"咨询"。

我走过去，转到屏风后面，眼前一亮。

第一章　朋香

图书管理员埋首于屏风和 L 字形的柜台之间。

那是一位非常……非常壮硕的女人。不是肥胖，而是壮硕。她皮肤很白，下巴和脖子没有分界，米白色的围裙外面，罩着一件灰白色的粗线羊毛开衫。那样子让人想起一头在洞穴里冬眠的白熊。她一头长发随意地扎起来，在头顶卷了一个小巧的丸子形状，头上插了一根发簪。发簪一端装饰着高雅的白色花朵，有三根穗子垂下来。她低着头，好像在忙着什么工作，但我这里看不清楚。

她的名牌挂在脖子上："小町小百合"，多么可爱的名字。

"请问……"

我走近了向她打招呼，小町头也不抬，只有眼睛唰地看向我这边。三白眼，目光锐利，看得我浑身发紧。隔着柜台，我看到她手里拿着一根针，在一个明信片大小的垫子上唰唰地戳一个乒乓球似的圆东西。

我差点吓得尖叫。她这是在干吗呢？怕不是在诅咒谁吧？

"没……没……没事了。"

就在我慌张地要退出去时，小町开口了：

"你要找什么？"

她的声音俘获了我。

她语调淡淡的，却自带一股宽厚的暖意，拉住了我要转身离去的脚步。小町不苟言笑，说出的话却让人莫名感到沉甸甸的踏实。

找什么？

我要找的……

大概是工作的意义,或自己能做的事吧。

但和图书管理员小町说这些,她肯定也不会理睬我。她问的不是这些,这我总还是明白的。

"……那个……想找计算机使用方面的书……"

小町拉过身边一个深橙色的小盒子,装饰着花边的六边形包装盒上画着白色的小碎花,是一个点心匣,里面装着名为"蜂蜜圆饼"的小点心。点心制造商是老字号品牌吴宫堂,我也很爱吃这种圆顶形状的软饼。虽然不是什么高级点心,却也不是能在便利店轻易买到的,有种轻奢的风格,看起来不错。

她掀开盒盖,里面装着小小的剪刀和针,像是把空点心匣当针线盒在用。小町收起手中的针和毛球,定定地望着我。

"主要用计算机做什么?"

"首先是想学会 Excel,学到能当作一项技能使用的程度。"

"当作技能使用。"小町重复道。

"我想在求职网站上登记。现在的工作,我找不到意义和目标。"

"你现在做什么工作?"

"我的工作不值一提——是在综合商超的女装区卖衣服的。"

小町忽地一歪头,头顶发簪的花朵闪着光:

"你真的认为,自己的工作……在超市卖货,不值得一提?"

我顿时不知该说什么好。小町沉默着,好像在安静地等着我的回答。

"因为……那个活谁都能干嘛。我进公司的时候没有想太多,并不是特别想做什么,或者想实现什么梦想才去的。可要是不工作,我又是一个人生活,也没人养我。"

"但你是认真求职后被录用的,还能每天工作,自己养活自己吧？很了不起啊。"

真实的自我得到了直爽的肯定，这让我有点想哭。

"说是养活自己……我平时也就是在便利店买个面包吃一吃。"

为了掩盖心中激荡的情绪，我好像说了些不着边际的话。我真正想说的，根本和自食其力没什么关系。小町朝另一个方向歪了歪头。

"好啦，无论出于什么目的，想学新的东西毕竟是件好事。"

她面对电脑，噌地将双手放在键盘上。

然后以迅猛的速度敲起键盘来——"嗒嗒嗒嗒"，她的手指在键盘上以闪电之势飞舞，看得我浑身瘫软。

最后是"铛"的一声，她轻轻抬起手来。与此同时，身旁的打印机开始运转。

"初学 Excel 的话，大概可以看看这些。"

小町将一页打印好的纸递给我，上面记有书名和作者名。旁边的数字应该是分类号码和书架号。《从零开始的 Word & Excel 入门》《第一本 Excel 教科书》《Excel——短期快速便利账》《简易 Office 入门》。最下面的一行文字似乎与众不同。

《古利和古拉》。

我呆呆地望着这五个字。

这是我知道的那个《古利和古拉》吗？两只田鼠的绘本故事？

"哦，还有……"

小町挪了挪转椅，把胳膊伸到柜台下面。

我微微探身观察，那下面有一个带五个抽屉的小木柜。小町拉开最上面的抽屉，里面塞满了五颜六色的、毛茸茸的东西，我看不清那些到底是什么。小町从里面捏起一个，伸手递到我面前。

"来，拿着。这是给你的。"

我条件反射地张开手，小町将一团轻飘飘的东西放在我的手心。一个五百日元硬币大小的黑色圆盘上，附着一个把手似的东西。

……平底锅？

那是一只平底锅模样的羊毛毡。把手的地方用小巧的金属丝绕了个圈。

"欸，这是？"

"随书赠品。"

"随书赠品？"

"借书有赠品可拿，不是很有意思吗？"

我仔细端详着平底锅。随书赠品？好吧，倒是挺可爱的。

小町从蜂蜜圆饼的点心盒里再次取出针和毛球。

"你做过羊毛毡吗？"

"没有，但我在推特上见过。"

小町把针举到我面前，手拿的一端弯成直角，细细的针尖上有好几个小小的突起。

"羊毛毡真是神奇。用针一点点地、不停地戳，就会渐渐变得立体。但也不只是单纯地戳，针尖上还有些机关，能把纤细的羊毛拢在一起，使其逐渐成形。"

小町说着，在毛毛躁躁的毛球上下针。这口平底锅也是她做的吧。那个抽屉里，一定装着数不清的羊毛毡作品。都是她为了给书配上赠品做的吗？

小町一心一意地戳起羊毛毡来，仿佛在向我宣告，她作为图书管理员的工作已经结束了。我还有很多话想问，又怕打扰到她，留下一句"谢谢"便走了。

我看了看那几本计算机类图书的书架编号，就在望美之前告诉我的位置。我对照书名，从书架上取下书本，选了两本看起来好懂的。

只有一本书的编号与众不同：《古利和古拉》。

这个故事，我上幼儿园的时候看过很多次，妈妈好像还给我念过。可是，小町为什么要给我推荐这部绘本？不会是打错了吧？

在一排低矮的书架围着的窗边，有一个放绘本和童书的专区。地上铺着橡胶材质的拼接地垫，要脱掉鞋子才能走上去。

身处可爱绘本的海洋中，我的心情一下子缓和下来。《古利和古拉》有三本，估计很受欢迎，所以多采购了一些吧。借一本看看吧，反正也不要钱。

我将两本计算机教材和《古利和古拉》拿到望美的柜台前，用保险证开了一张借阅卡，借了书。

回家路上，经过便利店，我买了肉桂卷面包和牛奶冰咖。

边看电视边把它们吃完，我又想吃点咸的，便拿出一盒堆在碗橱里的杯面。一看表，已经六点了，今天的晚饭就是它了。

我在水壶里倒水，点上火，从包里拿出借来的书——计算机指导书。我想象着自己掌握了书中的知识后，在办公室操作电脑的样子。

还有一本书，《古利和古拉》。

厚而硬实的白色封面。在儿时的记忆中,这本书应该更大才对,如今重新拿在手中,才发现它和普通的本子尺寸差不多。也许是因为横着翻页,才显得大吧。

手写体的书名下面,两只田鼠亲密地提着大篮子,边走边相互对望。它们的帽子和衣服款式相同,左边的田鼠穿蓝色的,右边的田鼠穿红色的。

哪个是古利,哪个是古拉来着?它们好像是双胞胎吧?

我又看了看,发现书名中的"古利"是蓝色,"古拉"是红色。

哦,原来是这个意思啊。

注意到这一处设计,我的兴致似乎高了些。明白了这一点,就容易进入故事了。

我翻动书页,试着通过画面回忆情节。古利和古拉来到了大森林,对对,它们发现了一颗很大的鸡蛋……故事结尾处,一张跨页的正中间画了一口巨大的平底锅,里面盛着一块烤好的松糕。

对了,图书管理员小町不是送了我一口平底锅吗?想到这儿,我读了那页的文字。

啊呀,金黄色的蛋糕,又松又软的蛋糕![1]

---

[1]《古利和古拉》的内文部分引自《古利和古拉》简体中文版,中川李枝子著,山胁百合子绘,季颖译,北京联合出版公司 2018 年版。

这行文字让我有些吃惊。

欸,是蛋糕吗?我一直以为是松糕呢。

再往前翻,是古利和古拉做蛋糕的场景。把鸡蛋、砂糖、牛奶和面粉混合起来,用平底锅一烤就好了。原来做蛋糕这么容易。

水开了,水壶"哔——"地发出声响。

我起身关掉燃气,拆开杯面的包装。

小时候我看过很多次这个故事,没想到还是会忘。或者说,只有模模糊糊的记忆。

不过,长大后再看儿时读过的绘本,还是挺有意思的。我又有了新的发现。

我把开水倒进杯面里,正要盖盖子,电话响了。

拿起手机,是沙耶,她平时很少打电话来。打的话,要么是非常失落,要么是非常高兴。

我看着已经倒好水的杯面,犹豫了三秒钟,接起电话。

"啊,朋香,抱歉突然打给你。今天你休息吧?"

"嗯。"

沙耶语气中带着歉疚:

"不好意思,有点事想和你商量。现在方便讲电话吗?"

"没关系呀,你怎么啦?"

我摆出了倾听的架势,那边的语气立刻变了:"话说……

"下个月不就是圣诞节了吗?我和男朋友打算把自己想要的礼物告诉对方。你觉得我要什么好呢?要太贵的东西,就显得我不懂事；要得太便宜了，说不定反而会让他失望。朋香品味很好，我想让你帮我出出主意。"

……看来这次是高兴的事。

想到刚泡上的杯面，我有些后悔。早知道是这样，应该先吃完再说。事到如今，也不好再跟她说过一会儿再打，我轻轻地"啊——"了一声以作回应，打开免提，将手机放在长桌上。我边附和着沙耶的话，边掰开一次性筷子，默不作声地吃起面来。沙耶似乎觉出我兴致不高，问道：

"咦，你是不是很忙啊？刚才在干吗呢？"

我想吃拉面来着，其实现在吃着呢——我遮遮掩掩地答道：

"没，我不忙。刚才在看绘本《古利和古拉》。"

"《古利和古拉》？那个煎鸡蛋的故事？"

优越感油然而生，还是记成烤松糕的我离正确答案更近。

"不是煎鸡蛋啦，是烤蛋糕。"

"欸？是吗？那不是田鼠在森林里走着走着，遇见一个大鸡蛋的故事吗？"

"是，但两只田鼠商量到最后，决定做烤蛋糕。"

"欸——真是烤蛋糕？这肯定是平时就爱做饭的人想出来的吧。要是不知道鸡蛋能用来做什么，肯定想不到做蛋糕。"

还会有这种考虑方式啊。

我喝了一大口面汤，沙耶继续说着：

"朋香就是不一样。休息日读绘本，听起来时尚又知性。东京人是不是都这样？"

"不知道啊。东京倒是有绘本咖啡馆。"

我含糊其词。沙耶高中毕业后，就在自己家开的五金店帮忙。她深信我是"大城市的人"，把我当作了解未知世界——东京

第一章 朋香

的媒介。

"朋香好棒呀。你承载着我们的期待,是大家眼中闪闪发光的星星。去了东京,成了女强人。"

"并没有啦。"

我一面否认,一面被罪恶感取笑着。沙耶的单纯和直爽像镜子一般,映出我内心的丑陋。我告诉沙耶,自己做的是服装业。反正都是跟衣服打交道的工作,用"服装业"这个词勉强不算说谎。我没对她提过伊甸园的名字,如果提了,她只要在网上一搜就会露馅。

或许,我无法对沙耶使坏,不光因为我们是朋友,还因为她愿意捧着我,说我"好棒"。或许,我需要别人的恭维,也或许,是沙耶的挖掘让我看到了自己的这一面。

读短期大学时,听到她的赞赏,我只是由衷地开心,是她鼓励了我。但最近,她的"好棒",让我越来越难受。

我带着接近于赎罪的心情放下筷子,听沙耶秀了足足两个小时的恩爱。

第二天早上,我起晚了,连头发都没怎么梳,就素面朝天地跑着坐上电车。

一躺下玩手机,我就不困了,我不该点开偶像的视频的。回过神来天都蒙蒙亮了,睡眠时间严重不足。明明今天要上早班来着。

开店后,我一面整理下面货架的商品,一面将哈欠吞进肚子里。忽然,一声怒吼从头顶落下来。

"找到了!找到了!喂,我叫你呢!"

尖厉的声音震得我耳朵嗡嗡响。我蹲着抬起头,一个披头散发的女人正双手叉腰,俯视着我。

是几天前,问我该选紫红色还是褐色针织衫的那位顾客。

我慌忙站起来。顾客把紫红色的针织衫摔到我眼前。

"你们推销这种粗制滥造的商品,是想怎样啦!"

听到她的话,我仿佛觉得浑身的血液都沉了下去。粗制滥造?到底发生了什么?

"我拿洗衣机一洗,立马就缩水了!我要退货,你把钱退给我。"

刚才沉到脚底的血液,好像又开始往头上涌。我答话的语气不由得强硬起来。

"洗过的商品不能给您退换。"

"都是你说这件好,我才买的!责任由你来负!"

她这纯粹是狡辩。以前我也遇到过不少投诉,但这么不讲理的人还是第一次见。

我努力让自己保持冷静,开动脑筋思考。实习的时候,公司肯定是专门教过遇到这种情况应该如何处理的。可愤怒超过了困惑,我的大脑一片空白,想不到解决办法。

"你们用这种办法卖烂货,把我当傻子耍吗?"

"没有的事!"

"我跟你没什么话好说,叫你的领导来。"

我脑子里"咔嗒"一声——拿人当傻子耍的不是你吗?

我巴不得真有"领导"能帮帮忙呢,但不巧的是,部门主管上岛今天上晚班。

"我们领导今天下午才上班。"

"是吗？那我下午再来。"

"你叫藤木对吧！"顾客扫视了一眼我的名牌，丢下这句话就走了。

背负老家朋友期待的闪亮之星、女强人的我，由于不知如何应付蛮不讲理的投诉，被人骂得狗血淋头，此时此刻，正气得发抖落泪。

这副模样，可绝不能让沙耶看见。

我努力学习，离开乡下来到东京，结果就混成这个样子。

十二点，上岛来了。向他汇报情况后，他皱着眉头说：

"这类事情啊，你处理好就是了啦。"

虽然我对他的反应不抱期待，但这样说也太过分了。怒火又一次涌上心头，和刚才面对顾客时的感觉不同。

沼内从旁边路过，偷偷看了我们一眼。好烦，我不想让沼内知道这类事。被她当成没能耐的正式员工，我感到无地自容。

休息时间到了，问题仍未得到解决。

今天早上，因为差点迟到，我没去便利店。想着包里还有一袋软点心，用它当午饭就行了。之后才想起来，前天在家的时候，我已经把点心吃光了。午饭要怎么解决呢？商超禁止员工穿着制服去食品卖场，也不允许大家在外面晃悠。我的憋屈有如挤在浅口鞋里的脚趾。

不过，也许是因为心情沉重，我几乎不觉得饿，也懒得特意去换趟衣服或者去员工食堂。这时，连接安全通道的大门忽然出现在我的视野中，也不知道这扇门打不打得开。

我伸手推门，门"吱呀"一声开了。想来也是，通往安全通道的门，哪有打不开的道理？

一股风吹来，我逃也似的走了出去。

"啊。"

"啊。"

我们异口同声——桐山君也在这里。他坐在小平台上，腿垂下来放在台阶上。

"逮到你了。"

桐山君说完，笑着摘下耳朵上的无线耳机。大概是在用手机听歌吧。他一只手拿着文库本，身边放着一瓶茶饮和两个铝箔纸包着的圆球形状的东西。桐山君抬头望着我道：

"你怎么了，跑到这种地方来？"

"……桐山君不也是吗……"

"我算是这儿的常客了，想一个人待着的时候就会过来。今天又是小阳春般的好天气。"

他边说边指了指那两个铝箔纸包着的圆球：

"吃饭团吗？如果不嫌弃我的手艺的话。"

"这是你做的？"

"嗯。我刚才吃了一个，最好吃的鲑鱼馅没有了。还剩下烤鳕鱼子和昆布馅的，你要哪个？"

忽然，我感到饥肠辘辘。明明刚才还一点食欲也没有。

"……烤鳕鱼子的。"

"坐呗。"既然桐山君说了，我也就在他旁边坐了下来。

接过饭团，剥开铝箔纸，用保鲜膜包着的饭团露了出来，我接着剥开这层透明包装。

"你还自己做饭呀？"

"慢慢学会的。"桐山君简短地答道。

我吃了一口饭团，米饭的咸淡调得挺合适。好吃。烤得酥脆可口的鳕鱼子和捏得紧紧的米饭凑成绝妙的搭配。这也是裹在白色中的珊瑚粉色。我一言不发，大口大口地吃得很陶醉。

"你吃得这么香，我好开心呀。"

桐山君笑了，我好像突然来了精神。没想到饭团这么快就起了作用。

"……你这饭团好棒。"

"对吧？很棒吧！"

桐山的反应比我预想中还要大，我有些吃惊地看了看他。他说：

"人是铁，饭是钢。要好好工作，也要好好吃饭。"

他的话中似乎藏着许多情绪。我问：

"桐山君，你为什么要辞去出版社的工作？"

桐山君剥开饭团的铝箔纸。

"我以前不在出版社任职。我在一个编辑公司，员工十人左右。"

原来除了出版社，还有其他公司也能做杂志。

公司各种各样，工作也各种各样。我不明白的事太多了。桐山君继续道：

"我们不光做杂志，可以说就像万事屋一样，海报和小册子什么的也做，甚至连影像制品都有涉足。社长不等条件成熟就硬要干出成绩，一个劲地接单，把我们这些真正做项目的人累得够呛。熬夜干活是常事，偶尔还会把大衣铺在公司地板上凑合一晚，或者连续三天不洗澡什么的。"

桐山君笑着，目光忽然投向了远方。

"不过，我本来就觉得，这个行业就是这样，也连带着认为，做杂志的自己很了不起——误认为。"

接着，他沉默着吃了三口饭团。我也沉默着。

"……我忙到连吃口饭的时间都没有，身体每况愈下，屋子的地板上四处是翻倒的营养饮料空瓶。某一天，我看着眼前的一切，心头忽然浮起一个疑问：我为什么要工作？"

桐山君将最后一口饭团塞进嘴里。

"工作明明是为了糊口，我却因为工作把自己搞得连饭也吃不上。这似乎不太对劲。"

桐山君将铝箔纸揉皱，嘟囔了一句"好吃"。然后看着我，开朗地说："现在我活得还有点人样。吃得好，睡得香。以前都是从工作角度看杂志或书，如今也能打心里享受阅读的乐趣了。这段时间，我正在调养身体，重新给自己定每一天的规矩呢。"

"……原来做杂志这么辛苦啊。"

"不，也不是所有公司都这样！只不过我之前待的那家公司凑巧是这样罢了。"

桐山君不住地摆手，像在掩饰什么似的，也许是不想让我对出版行业产生偏见。他到底还是喜欢做杂志的吧，只是过于严苛的工作状况扼杀了他对这份工作的热爱。

"而且，我也无意否定那家公司和仍在那里奋斗的人。说不定有些自控能力强的人适合那种工作方式，搞不好还有人觉得整天泡在工作里更充实。只是我并不适合那里罢了。"

桐山君慢悠悠地喝了一口茶。

我小心翼翼地追问：

"在眼镜店干活，工作种类和之前完全不同呀。你不会没有安全感吗？"

"之前做杂志的时候，我写过一期有关眼镜的专题文章，当时对眼镜行业做过详尽的采访，因此觉得眼镜行业很有意思，这成了我接受这份工作的契机。录用考试时也很巧，面试官之前好像读过我做的那份杂志，跟我聊得很投缘。比如他正好认识我采访过的某个镜框设计师等等。"

桐山君高兴地说着。

"这些事情，靠的都不是临时抱佛脚。所以对我来说，最重要的是一心一意地做好眼前的事。做着做着，之前的努力就会在意想不到的地方开花结果，或者结下新的缘分。老实说，虽然跳槽到了ZAZ，可我并没确定今后的发展方向。就算确定了，也没法保证永远不变。我只是……"

他顿了顿，接着平静地说道：

"我只是在这个不知道今后会发生什么的世上，用心做着此时此刻的自己能做的事。"

这话仿佛不是对我说的，而是对他自己说的。

休息结束后，我回到卖场，没看到上岛。

问了几个员工，他好像突然说要去质检，不知去哪里了。我觉得他八成是逃掉了，却也无可奈何。

下午两点过后，之前那位顾客又来了。

"你领导来了吗？"

我浑身僵硬。退货自然是不可能的，那么，要如何说服她才好？但我只有硬着头皮去面对。需要此时此刻的我去处理的事，正是目前这一件。

这时候，本该在站收银台的沼内忽然插到我和顾客中间。

"这位顾客，您有什么事？"

顾客大概是把沼内当成了领导,连珠炮般发起牢骚来。她单方面认定了我是恶人。沼内摆出认真的神情倾听着,让顾客说了个痛快,还不时"嗯嗯""是的""是吗?"地附和着。等顾客把想说的话都说完了,沼内才沉稳地开口:

"哎哟,您用洗衣机洗了。那的确是会缩水呀,一定吓到您了吧?"

顾客的脸色一下子变了。沼内将衣服翻过来,给她看了标签上的洗涤说明。那里有一个手伸进桶里的标志,是手洗的意思。

"我也经常干这种事啊!没仔细看说明,就把衣服丢进洗衣机,轱辘辘地转去了。"

"啊……这……"

顾客口吃起来。沼内快活地继续道:

"不过,我有让衣服恢复原样的办法。您在脸盆里挤一点护发素,用温水化开,把衣服泡进去。浸透之后马上拿出来拧干,抻长,然后铺平了晾干就好了。"

她的讲解绘声绘色。

"这件针织衫特别受欢迎,您买走的是本店的最后一件。玫红色比较特别,这种质感的布料也不多见呢。"

"玫红?"

顾客的表情顿时柔和了许多。

"嗯,就是这件衣服的颜色。"

那件紫红色的毛衫仿佛突然踏上了时尚的前沿。玫红色,的确也有这种说法。

"它的设计也很简约,好搭其他衣服。备上一件绝对是不亏的呀。领口样式也清爽大方,这个颜色的话,能美美地穿到初春呢。"

"……用护发素,就能恢复了是吧?"

"嗯,应该可以。这样的衣服,一定要好好保养,多穿一段时间啊。"

顾客完全绕在了沼内的思路里。

来投诉的顾客眼看着被沼内说服,倾向于不退货了。

这时,沼内把声音放低了些,依然满面笑容,语气中也不乏干练。

"如果您对我们有什么建议,我会请负责人联系您的。您方便留一个电话号码吗?"

看来她没忘记对顾客略微施压。顾客显得有些胆怯:"没事,就算了吧。"

干得漂亮。

我果然赢不了沼内,绝对没有胜算。

接着,沼内继续直爽地与顾客聊天,顾客像是完全信任了她,和和气气地聊起自己的事来。

原来顾客买这件衣服,是想穿着它去和十年没见的朋友吃饭。在大商场买衣服令她心里打怵,可她又不愿坐电车去远的地方买。她在服装搭配上没什么自信,很是费了一番功夫。

沼内将我支到收银台,又给顾客推荐了一款围巾,还教了她围巾的系法,引导她买了下来。我站在远处也看得出来,那条围巾和那个顾客,以及那件紫红色的毛衫都很搭。

顾客约会那天,系那条围巾时,一定会望着镜中的自己微笑吧。她一定能和许久未见的朋友高高兴兴地吃一顿饭。

沼内真是了不起,我打心里这样想。

以前觉得伊甸园女装卖场的销售工作没什么技术含量,这真是大错特错。

以前,我总想赶紧休息,从不曾将心比心地接待顾客。这些想法,一定在潜移默化中也传递给了顾客。

顾客结完账,接过装着围巾的口袋,说了句"谢谢你啊",笑着走了。那是买到好东西时,发自内心的笑容。

沼内对她鞠躬,我也在沼内旁边弯腰低头。

再也看不到顾客的背影后,我对沼内深深地鞠了一躬。她真的帮了我一个大忙。

"……谢谢您!"

沼内对我微笑:

"那种情况下的顾客啊,往往会觉得我们不听她的话,也不理解她的心情,为此难过不已。"

至今为止,我究竟是怎样看待沼内的呢?也许我只觉得她以小时工中的老大自居,并为此扬扬自得。

我是不是……是不是在某些方面瞧不起沼内呢?是不是因为自己是正式员工又年轻,就有一种莫名的优越感呢?无论是面对刚才那位顾客,还是面对食堂的大婶,无聊的自尊心是不是都在我心里作祟呢?

真的好丢人,我恨不得要捂住自己的脸。

我没有抬头,继续说道:

"我还有许多地方,要向您学习。"

"没什么,"沼内摇头,"我一开始也根本应付不来这些。见得多了,慢慢你也就会了。不过如此啦。"

我望着勤恳工作十二年的沼内,以及仿佛长在她身上的那件珊瑚粉色制服,从心里觉得沼内很棒。

那天我上早班，四点就下班了。

换好衣服，我忽然想去食品卖场看看。受了桐山君的影响，我也想回家做点吃的。

但我想不到该做什么。就做个意大利面怎么样？可一想到还要调味，我便不知如何是好，最后买了加热即食的调味酱，打算回家。

我的手揣进上衣兜里，碰到了一团柔软的东西，是羊毛毡做的平底锅。小町把它送给我之后，我就一直把它装在兜里。

对啊，也不知道那个好不好做。

《古利和古拉》中的黄色蛋糕。

我走进食品卖场前面的麦当劳，边喝一百日元的咖啡，边用手机查蛋糕的做法。

"古利和古拉，蛋糕"，我输入这些关键字，吃惊地查到了海量的食谱和博客。竟有这么多人被那部绘本打动，想试着做出故事中的蛋糕。

筛面粉、分离蛋黄和蛋清、用蛋清做凸出来的蛋白酥皮……看到这儿，我的兴致已然快被浇灭了，但逐一浏览打开的页面让我渐渐发现，不一定每一步都要严格按照食谱中写的来。不同的食谱创作者用的食材分量和做法都有不同。其中一个只有寥寥几行的简单食谱打动了我：既不用筛面粉，也不用分离蛋黄和蛋清。还有一行说明文字："本食谱尽量忠于绘本。"这个我兴许也能做。

没错，做此时此刻的自己能做的事——只要这样就好。

需要准备的工具有平底锅、深碗、打泡器。

鸡蛋三个，面粉六十克，砂糖六十克，黄油二十克，牛奶三十毫升。

平底锅似乎买直径十八厘米左右的为好，还要配锅盖。还有，虽然食谱上没写，但我还需要秤和量杯。

很丢人的是，这些东西，我的房间里目前几乎都没有。

不过……

很幸运的是，这些东西在伊甸园里应有尽有。

好久没有这样一本正经地站在厨房里了。

我将鸡蛋打在深碗里，加入砂糖，用打泡器搅匀，然后加入融化的黄油和牛奶。做到这一步，已有一股香甜的味道飘来。我竟然在做糕点，真是难以置信。

接下来加入面粉搅拌。我在深碗中"嗖嗖"地旋转打泡器，这道工序让人觉得自己很能干。

我将平底锅放在火上，在锅里涂好一层黄油，将搅拌好的食材倒进锅里。盖上盖子，用文火慢慢蒸。做到这一步，接下来视具体情况，等三十分钟左右好像就可以了。虽然只有一个灶台，但幸好家里通燃气。看样子能行。

在这么一间小小的厨房里，居然能轻轻松松地做出蛋糕！

这样的自己，不是很棒吗？——我忽然有了这样的想法。

我兴高采烈，不由得两手交叠。发现手上沾着面粉，于是我走到洗脸台前洗手。

拧开水龙头时，我不经意间看了一眼镜子，凝神望着镜中自己的脸。

由于一直吃杯面和便利店的蔬菜面包，我的皮肤惨不忍睹。家里的冰箱空荡荡的，早就过了保质期的调料毫无用武之地。怪不得我睡眠不足，脸色也不好，浑身无力。

不光三餐成问题，家里的地板上也积满了灰，窗户上也糊着脏东西，一点也不透亮。我已经习惯在屋里晾衣服，穿衣服的时候从晾衣架上摘下来就直接往身上套。置物架上，各种东西堆得乱糟糟的。干得开裂的指甲油，三个多月前买的电视周刊，半年前一时兴起买回来，却连包装都没拆开的瑜伽DVD。

从前的我，待自己多么粗暴啊。对入口的东西、随身的东西一点也不讲究，就这样逐渐怠慢了自己。我和桐山君的情况不太相同，但不也一样没把自己当人看吗？

我仔细地洗完手，等待蛋糕烤好的同时，我粗略地把房间清扫了一遍。叠好衣服，用吸尘器吸了一遍地板。一旦开始行动，身体自然就动了起来。我一直觉得这些家务都是大工程，却转眼间就收拾好了这间小屋。

采光良好的一居室里，缓缓飘起香甜的味道。我回到厨房，看了看锅里的蛋糕。金黄色的蛋糕坯开始膨胀，就快贴上玻璃锅盖了。

"……好棒！"

我不由得惊喜地喊出了声。像绘本上画的那样，蛋糕真的成功地膨胀了起来。

我高兴地掀开锅盖看了看。蛋糕边缘已经像样地凝固住了，中间部分噗噗地冒着泡，还有一半是液态的。我再次盖上锅盖。

也许，我也离人模人样的生活近了一步。

这样想想，我不由得松了口气，靠着墙坐下，翻开《古利和古拉》。

田鼠古利和古拉前往森林的深处。

要是捡到满满一篮橡子的话，就放好多好多糖，把橡果煮得甜甜的。

要是捡到满满一篮栗子的话，就做栗子酱，把栗子煮得软软的。

"啊——"我不禁叫出声来。

原来，古利和古拉不是为了找鸡蛋才走进森林的，更不是为了做蛋糕。

恐怕它们只想去森林里捡一些平时吃的橡子或栗子，就像往常一样。

然后它们在森林中偶然遇到了那颗大大的鸡蛋。

"要是不知道鸡蛋能用来做什么，肯定想不到做蛋糕。"我想起沙耶的话。

哦,原来是这样啊。

古利和古拉遇见大鸡蛋的时候,已经在某个地方学会了——学会了做蛋糕的方法。

我脑海中灵光一现,感到了心中的悸动。
情绪高涨地回到厨房,空气中多了一丝焦香。
我打开锅盖,蛋糕一下子吸了一口冷气。

本该膨起来的中间部分塌了下去,快要溢出平底锅的原料边缘黑乎乎的。

我大惊失色,急忙用锅铲将蛋糕移到盘中。蛋糕没有向高处膨起,而是横向发展,底下彻底烤焦了。从平底锅中移出来的瞬间,它瘪得更厉害了。

"……这是什么鬼?"

我撕下蛋糕边尝了尝,根本不是蛋糕的味道。黏糊糊的,又像橡胶似的嚼不烂。

到底是哪里不对呢?我明明是照着食谱做的啊。

不厌其烦地咀嚼着只剩下甜腻和令人不适的硬块,我忽然觉得很滑稽,笑了出来。

我不觉得难过,甚至可以说很愉快。焕然一新的房间和水池里的烹饪用具没有让我陷入悲伤。

好吧,我要报复。

我一定要学会做蛋糕。

📖

那之后足有一周时间,我回到家就一门心思地做蛋糕。做蛋糕仿佛成了我每日必做的功课。

我在网上找相关的食谱来读,找到了几种改良的方法。

事先让鸡蛋恢复常温,烤蛋糕的时候时不时地把湿毛巾铺在锅盖上,适当降温。

仅仅注意了这两点,做出来的蛋糕就好了很多,但还没达到我理想中的松软程度。渐渐地,起初查食谱时觉得麻烦的"筛面粉""分离蛋黄和蛋清,做凸出来的蛋白酥皮"等步骤似乎也不再让我觉得痛苦。

我买了新道具:筛子。做蛋白酥皮让我颇费了一番心思,但蛋糕坯的纹理细腻了许多,看上去挺不错。这些还不够,我又有了新的追求,我想把蛋糕做得更加精致。

终于,为了做出漂亮的蛋白酥皮,我下狠心买了自动搅拌器。

我试了很多次,渐渐掌握了火候和适度降温的时间。原来最开始以为的"小火"还不够小。这种细节上的处理,只能凭自己一点点去感受。

在不断的重复中,我明白了一些道理。

沼内说的大概就是这么回事。

我的生活还发生了一个变化:因为要在厨房做蛋糕,我开始做一些简单的晚饭了。和烤出漂亮的蛋糕相比,将蔬菜和肉切了炒或煮就简单多了，很容易上手。米饭有电饭煲帮我煮得香香的。我将剩下的小菜装在小饭盒里，做了饭团在休息时间吃，桐山君见了大为吃惊，我也很惊讶。没想到不过几天的努力，我的精神和身体就迅速恢复了元气。

今天是第七天，站在厨房的瞬间，我便有一种预感：我可以。

这次的蛋糕集合了过往所有失败和成功的经验，我使出了浑身解数。

掀开锅盖，我终于满意地点了点头，说出了那句话：

"金黄色的蛋糕，又松又软的蛋糕！"

我像绘本中画的那样，直接从平底锅中撕下一块蛋糕，放进口中。

松软可口。

我也能做出让大森林里的小伙伴们瞪圆了眼睛的蛋糕了。

我的眼圈红了。然后，我下定了决心。

从今往后，我一定要……

自食其力，让自己吃好每一餐。

我将切好的蛋糕分给桐山君一块，他由衷地感叹道："好棒啊！"我坦然地接受了他的赞美。

我想看到他的笑脸，想感谢他给了我饭团。也许是因为这样，我才有了挑战的动力。意识到这一点，我心里一紧，感到一阵甜美的疼痛。

我还想感谢一个人。

回家前，我在储物室也给了沼内一块蛋糕，同时向她转达了我对她上次帮我解围的谢意。

"这是我模仿《古利和古拉》里的蛋糕做的。"

沼内一听，哈哈大笑起来：

"古利和古拉！我小时候也很喜欢这个故事，读过好多次呢！"

"欸，您小的时候也读过吗？"

见我吃惊地睁大了眼睛，沼内有点不好意思了。

"讨厌，我也是从小孩子过来的嘛。"

这倒也是，尽管我难以想象。

一部畅销的绘本，竟有如此了不起的力量。不变的《古利和古拉》，见证了几代读者的成长。

沼内若有所思地望着空气。

"那部绘本解决了常理解决不了的问题。这是我最喜欢的地方。"

"《古利和古拉》是这样的故事吗？"

我歪着头问。沼内深深地点头：

"是啊。鸡蛋太大了，又光溜溜的，根本搬不动，还硬邦邦的打不碎。再不然就是锅装不进书包……两只田鼠遇到了一个又一个难题啊。"

我跟桐山君提起《古利和古拉》时，他的反应是："就是森林里的动物们都来吃蛋糕的那部绘本吧？"一个短短的故事，每个人对它的感受却不同，真有意思。

沼内兴奋地继续说道：

"然后，它们俩反复商量，互相帮助着走下去。这个地方写得特别好。"

接着，她对我莞尔一笑：

"工作就是这样，相互帮助，一起干下去就行了。"

星期三是休息日，我又来到交流之家的借阅室，这次是为了还书。距离借书的日子，正好过去了两个星期。

我给赠品平底锅上了一个金属环，当作吊饰挂在包上。它几乎成了我的护身符。

在借阅室入口处将书还给望美，我走到小町那边。

小町和两个星期前一样，埋首于屏风和L字形的柜台之间，像卡在里面似的动着手里的针。

戳呀戳，戳呀戳。在反复戳刺的过程中，羊毛毡在她的手里逐渐成形。

见我站到她面前，小町停下手上的动作，抬头看我。我向她鞠了一躬。

"谢谢你，《古利和古拉》和平底锅……都教会了我重要的事。"

"嗯？"

小町若无其事地歪歪头。

"我什么也没做，是你吸收了自己需要的知识罢了。"

她的语气依然平静无波。

我指着橙色的点心盒：

"蜂蜜圆饼很好吃吧。"

小町突然红了脸，露出了欢喜的表情。

"这是我的最爱。不错吧？让每个人得到幸福的点心。"

我用力点了点头。

时间到了。

离开借阅室，我朝计算机班的授课地点——会议室走去。

此时的我，一定正站在大森林的入口。

我还不知道自己能做什么、想做什么。不过，不必着急，也不必逞强。

一面打理自己的生活，一面做自己想做的事，慢慢掌握够得到的那些技能，把它们储存起来。就像要去森林深处捡栗子的古利和古拉。

因为不知什么时候，我就会在某个地方遇到一颗硕大无比的鸡蛋。

第二章

谅

三十五岁　家具制造公司财务人员

お探し物は図書室まで
人生借阅室

一切的一切，从一个汤匙开始。

这是一个银质的小小汤匙，平滑的手持部分呈山形，像一朵郁金香。

我对展柜中的这个汤匙莫名有些好奇，便拿了出来，仔细端详，汤匙柄上刻着羊的图案。这个大小应该是茶匙吧，我呆呆地看了一会儿，将它拿在手中，继续在光线暗淡的店里物色其他商品。

这家狭小的店面里，挤挤挨挨地放着各种古色古香的东西。怀表、烛台、玻璃瓶、昆虫标本、不知什么动物的骨头、螺钉和螺母、钥匙。这些不起眼的东西庄重地抱持着漫长的时光，在裸灯泡的光照下安静地呼吸。

那时的我读高中，那天早上出门前，我和母亲起了小争执，放学后不愿马上回家。于是提前一站下车，在回家的路上东走西逛。

那家店在神奈川的一处偏僻的地方，远离繁华街区，混在一片居民区里。入口处立着一块招牌，上书"烟木屋"，边上印着大写的英文字母"ENMOKUYA"。店门上嵌着玻璃，通过从外面看到的店内商品可以推测，这是一家古董店。

收银台里坐着一位长脸的大叔，戴着一顶针织帽，颇有店主风范。他和许多老店的店主一样，自带一股古董般的气质。大叔对我似乎毫无兴趣，我在店里的这段时间，他一会儿组装拆散的时钟，一会儿修理八音盒。

我在店里转了一圈，手里始终攥着那个汤匙。汤匙吸附了我的体温，已经变得十分称手。逡巡一番后，我买下了那个汤匙。一千五百日元。我不知道它的实际价值如何，而且高中生花这个数目买一个汤匙，到底还是一种高消费。尽管如此，我还是不忍将它放回展柜，有点舍不得放手。

付钱时，戴针织帽的店主说：

"那可是纯银的，是英国产的茶匙。"

"是什么年代的东西呢？"

见我问起来，他戴上老花镜，把汤匙翻了个面，眯起眼睛。

"一九○五年。"

原来背面有年份啊——我想。可拿过来一看，背面只刻着四个文字和图案，根本没有数字。

"您是怎么知道的？"

"哈哈。"

店主第一次对我绽开笑脸，那笑容发自内心。他没有回答我的问题，我心里的某个角落却被他的表情打动了。

那个笑容，实实在在地表露出了他有多爱古董，对自己的眼光有多自信。我觉得这家店和这位大叔很酷，非常酷。

回家后，看着那只刻着小羊图案的汤匙，我浮想联翩。二十世纪初的英国，究竟是谁用过它呢？又是如何使用的呢？使用者用它吃过什么呢？

也许曾有一位贵妇人，将它放在茶杯中享用过下午茶。也许曾有一位温柔的母亲，将它递到幼小的儿子嘴边。也许那个男孩渐渐长大，长成胖乎乎的大叔后，依然对这汤匙珍爱有加。也可能它颇有人气，有三个小姐妹争着用它。又或者……

我的想象无穷无尽，这个汤匙仿佛怎么也看不腻。

后来，我好几次在放学路上走进烟木屋。

店主大叔叫海老川，秋冬两季戴毛线针织帽，春夏两季戴棉或麻的针织帽。看来他喜欢针织帽。

我用可支配的零花钱，买下几件小东西。虽然对不住海老川，但有时我也光看不买。置身于那个空间，我就能暂时忘却日常的烦恼和琐事：学校那些麻烦的事、母亲的抱怨、对未来的不安。即使现实中的痛苦再多，推开店门，里面永远有一个接纳我的、梦幻的世界。

随着时间的推移，见到海老川和店里的常客时，我会和他们交谈几句，也记住了一些古董的历史和相关用语。

告诉我汤匙背面印的东西叫"印记"的人也是海老川。我大概追着问了一年，他才肯告诉我。四块刻印分别表示制造商、纯度、质检证明和制造年份。

"这里不是有一个被方形框住的字母 n 吗？这就是一九〇五年的意思。"

原来不是用数字，而是用字母的字体和外框的形状来鉴别的。不直白地标记数字，也许更符合英国人的习惯。

"羊的图案应该是家徽……可能只是家徽的一部分。"

听了这些，我更珍惜那个汤匙了。原来不是可爱的图画那么简单，一个茶匙中，竟也凝聚着一整个家族的尊严。

这里面蕴藏的浪漫多么恢宏啊！我沉迷于古董的世界里，对海老川肃然起敬。

可如今,这家店不见了。

高中毕业前夕,我像往常一样走到店门口,门上竟贴着一张纸,上面是一行手写字:"闭店了"。我和海老川的联系就这样猝然中断。

这十八年来,那里开过理发店、面包店,现在成了只能容下五辆车的投币停车场。

我再也走不进那扇门了。

所以我下定决心,有一天,一定要开一家像烟木屋那样的店。

即使是三十五岁的今天,这份心愿依然保存在我心里的某个地方。

存钱,辞职,找店铺,进货,总有一天,总有一天。

——总有一天,究竟是哪天呢?

大学毕业时,我借机从家里搬出来,到市里租了公寓,在家具制造公司的财务部上班。公司也不大,做的也不是高档家具,但产品都是贴近生活的大众款,这反而是消费者的刚需,所以业绩一向平稳。

"这个是怎么弄的来着?"

部长田渊从斜后方的工位扭过身问我。

最近,公司安了一批新软件,他好像不太会用,每次遇到问题都来找我。正在检查经费核算表的我放下手头的活,站了起来。

　　这个操作方法,他昨天刚问过我一次吧——我站在田渊的椅子后面,告诉他步骤。

　　"啊——啊——是这样啊!"田渊大喊着点头,"多亏你帮忙。浦濑君工作很厉害嘛!"

　　他厚厚的嘴唇肉乎乎地翕动着,我回到工位继续工作。

　　我不讨厌处理数字。相对于带动企业发展,经济财务部的工作内容更多是调整资金分配。不需要豪赌,也没有挑战性可言。平时冷着脸照制度办事,只要能割舍掉那些需要投入过多热情的冗余工作,或许也可以很轻松。

　　"浦濑君,明天去喝一杯吗?喏,上个月去的大船亭最近在办开业三周年纪念活动,听说啤酒会降价。"田渊说。

　　我的目光落在手头的一沓发票上。

　　"不好意思,明天我休假。"

　　"哦,对对对。"

　　有了拒绝的理由,我舒了一口气。田渊话太多,和他去喝酒很受罪。可他毕竟是我的上司,每天低头不见抬头见,我可没胆子回绝他的全部邀约。进入十二月,马上就要开忘年会了。忘年会我总不能不参加吧。所以现在能推的饭局,我都尽可能推掉。

　　田渊把椅子"骨碌"一转,身子靠向我这边。

　　"要和女朋友约会?"

　　"啊,差不多啦。"

　　"哇。我猜中啦!这下难办了。"

　　田渊用力拍了拍脑门。掺杂表演成分的神态中,带着意味深长的笑容——他不仅是觉得有趣那么简单。糟了,话说多了。田渊猛地冲我一扬下巴,坏笑着问道:

"你们已经交往很久了吧,要结婚吗?"

"欸?这里算错了吧。销售部的绀野总是出错,又得让他重新做一份了。"

我自言自语般地转换话题,对田渊挤出一个假笑。

"做不好经费核算表的人很多啊。"

田渊也笑了,边笑边转身回去,面对电脑。

内线电话响了。对面工位的吉高懒洋洋地接起来。吉高是新来的二十多岁的女员工,她粗鲁地应答了几句便按下暂停键:"浦濑,找你的。"

"欸,是谁啊?"

"没听出来。一个男的。"

"……谢谢。"

我接起电话,是海外事业部打来的,他们要从英国进口一批新的室内装饰,想请财务部做预算。这项工作的负责人明明是田渊,但不知道为什么,其他部门的人全都来找我商量。可能是觉得我好欺负,多强势的话都能对我说。

我按住暂停键,问田渊:

"英国品牌的预算案,您做好了吗?他们好像想在明天的会上用。"

"那个啊——我搞不太清楚。不用美元结算,而是用英镑,我不习惯。而且我的英语也没有浦濑君那么好呀。"

他的眼珠向上翻着,摆出一副死皮赖脸的架势。我在心里深深叹了一口气。

"……好吧,我来做。"

田渊轻飘飘地抬起一只手。吉高在剪头发的分叉。

如果只是领导无能,或者新人没有冲劲,我也不至于为此苦恼。但就是在这时，我动了辞职的念头。

不擅交际的我没被分到营销部，而是如愿来到了财务部，这是我的幸运。但我也知道，无论在哪个部门，只要是团队合作，就会产生令人讨厌的人际关系。

假如能辞掉工作，开一家店，只卖自己喜欢的东西该有多幸福啊。只面对和我一样喜欢古董的顾客。

可我现在还不能辞职。我还没存够一百万日元，更何况，每天在公司上班，时间总是转瞬即逝。手头总有一大堆杂活等着我做，开店该学的知识、需要的东西我还一点没有准备。

属于我的那家古董杂货店的大门，什么时候才能打开呢？我唯一知道的是，今天晚上，自己又要加没必要的班了。

第二天是星期三，我去女友比奈家接她。她家住在一片宁静的住宅区，是一套独栋的房子。

比奈大概是从自己的房间里看到了我，在二层的窗户中露出脸来："小谅——"

她很快便缩回了身子。我以为她马上就会出来，就没按门铃，站在园子里。结果出现在大门口的不是比奈，而是她的母亲。

"小谅，好久不见。你看上去很有精神呢。"

"您好。"

"今天在我家吃晚饭吧？"

"啊，好的……总是给您添麻烦，又要上门叨扰了。"

"没关系的啦——孩子她爸也愿意让你来。你想吃鱼还是吃肉？比奈平时只吃肉，所以每次家里来人，我都可着劲做鱼……"

这时，比奈踢踢踏踏地跑过来。

"哎——老妈净跟小谅聊天了！"

比奈的手攀上我的胳膊。她身上有股香草味道，是涂了香水。

"我们走了——"

比奈对她妈妈摆了摆空出来的那只手，拽着我走在前面。

比奈和我相差十岁，今年才二十五。

三年前，我们在镰仓的海边相识。当时，我独自去逛在寺院里举办的跳蚤市场，然后顺路到由比滨散步，看到一个女孩蹲在沙滩上，不知在找什么。

女孩的神情极为庄重，以至于我以为她丢了什么重要的东西。结果她告诉我："我在捡海玻璃。"海玻璃，也就是被冲到岸上的玻璃碎片。它们从遥远的地方、遥远的时代而来，被经年累月的浪涛磨平了棱角，成了大自然创造的工艺品，最终抵达异国的海边。

她好像想收集一些海玻璃做饰品。身旁的塑料盒里装着绿的、蓝的玻璃，贝壳、晒干的海星等小物件。

"一想到海玻璃曾经是玻璃制品的一部分，不知多久以前，曾有某个人在某个地方用过它，我就觉得很浪漫。它曾经被怎样的人以怎样的姿势拿在手中呢……我总是愿意想这些，天马行空地想象。"

我和她是同类——我想。

她那双眼睛，那善感的性格和世界观，都和我一样。

我弯着腰盯着沙滩看,沙子里有很多东西。被晒干的海草、木片、石块、一只沙滩凉鞋、塑料袋、某种东西的盖子……这些都是可以被当作垃圾的、人为掉落的物品。这样一想,海滩无异于一个巨大的古董广场。

在这片广场中,我发现了一小块碎玻璃,是一块蚕豆形状的红色海玻璃。

"这个,你觉得行吗?"

我将海玻璃递到比奈面前,她"哇——!"地怪叫一声,睁大了眼睛。

"好看!红色的很少见呢。好开心啊,谢谢您!"

"没什么。"我朝她点了点头,忙不迭地走开了。她开心的样子太可爱,让我不好意思了。嗯,生活中时不时会遇上这样的小确幸[1]——那时,我没有多想。

可事情并未就这样结束。

第二个周末,我们偶然在东京国际展示场举办的古董集市上重逢了。集市上有无数店铺,顾客挤得水泄不通,我竟奇迹般地认出了她。如此说来有点不好意思,当时,只有她仿佛周身散发着柔和的光。

我和正在买东西的比奈打了招呼,我未经思考,立刻付诸了行动。比奈也吓了一跳,但我们说了会儿话,就自然而然地发展到"要不要去喝点东西"的地步。这是我第一次正儿八经地跟陌生女孩搭话。事后每次回忆起来,我都惊讶于自己竟然能做出这样的事。

在都会被旧物件吸引这件事上,我和比奈意气相投。每当找

---

[1] 小确幸:微小但确切的幸福与满足。该词源于村上春树的随笔集《兰格汉斯岛的午后》,由翻译家林少平直译而成为现代网络用语。——编者注

到这类店铺或相关活动，我们就一起去逛。

今后真想一起开一家店。

——极为偶尔的，我们会谈到这个。但那所谓的"今后"，无非是退休后，或者中了一亿日元彩票之后，这种白日做梦般的想象。比奈多半不会像我现在这样，一本正经地期望着梦想成真。

我还有多少年才能退休呢？到那时，我还有开店的资金、热情和体力吗？

今天，比奈约我参加名为"和矿物做游戏"的小规模讲习会。讲习会在比奈家附近的小学举办，那里有个叫"交流之家"的机构，里面好像可以办活动和辅导班。比奈的小学不是在那里上的，亏她找得到这样的地方。听到我的感慨，她却回答：

"我想自己开个网店，找计算机辅导班的时候，发现这里有办。现在我正学着呢，几乎是一对一教学，老师教足两个小时，才收两千日元。这个交流之家很不错呢，平时会举办各类活动和兴趣小组。"

原来比奈不满足于海玻璃饰品的制作，还开始考虑售卖的事了。比奈每星期有三天在外面打工，做事务类的工作。她和父母一起住，不用担心生活上的开销，有的是时间可以用在制作饰品、开网店上。她和我不一样。

……不行，再这样下去我要自卑了。我用力摇了摇头。

比奈带着我走进交流之家的那栋白色小楼，在前台的人员进出表格上写下了姓名、来由和时间。上午大概有十个人来这里，"使用场所"一栏有填"会议室""和室"的，还有填"借阅室"的。原来这里还有借阅室。

讲习会在会议室 B 举办，来听课的只有四个人。除了我们，还有两位年长的男性。也许这类讲习更适合小规模的人来听。

讲师姓茂木，是一个五十来岁的男人。课一开始，他做了简单的自我介绍。他平时在矿物工厂工作，在个人兴趣的驱动下考取了矿物鉴定资格证，几乎一有时间就积极地办讲习会或采矿活动。

兴趣浓厚，又积极主动啊……不用给人添麻烦就能玩得开心，应该是心情舒缓并享受其中吧。

尽管心中的杂念挥之不去，讲习会本身还是很有意思的。茂木讲了矿物的分类和形成过程、放大镜的正确用法，还给我们看了珍贵的矿物标本。

他给每个人发了一块直径五厘米左右的石头。我的那块石头上布满紫色渐变到黄色的条纹，他说那是产自阿根廷的萤石。

"下面，我们就一起打磨看看。"

用滴管挤几滴水，然后用砂纸打磨石头。磨平一些后用水冲洗，再一点点加大砂纸的精度。

磨去棱角的萤石条纹更加清晰，色泽也更鲜艳了，好开心。

我那开杂货店的梦想又开始蠢蠢欲动。没错，在店里开一个矿石专区，请专业的老师来办些小活动也不错。

九十分钟的讲习结束后，比奈对我说：

"我想跟老师聊几句，你能不能稍微等我一会儿？我想试着用矿石做点小饰品，所以想问问他矿石硬度的事，再问问有没有适合做饰品的石头。"

她确实有问题想问。比奈是真的在考虑开网店的事，我没理由打搅她。

"好。那边好像有个借阅室，我去看看书。你慢慢问吧。"

说完，我便走出了会议室。

借阅室在走廊尽头。

站在门口一看，里面比我想象中的宽敞。墙边和中间都摆满了书架。

此时没有读者，只有一个系着深蓝色围裙的女孩在柜台里录入图书的条码。

我站在离门口最近的那个靠墙的书架前。这里的设施和小学配套，我以为书也大都是适合小孩子看的，没想到这间借阅室的选品丝毫不逊色于普通的图书馆，令人吃惊。

我开始找古董方面的书，很快找到了放工艺、美术类图书的书架。迅速翻阅了几本书后，我开始四处转悠，想看看有没有和开店相关的书。

这时，系深蓝色围裙的女孩从我身旁走过，手中拿着三本书，应该是要把读者返还的书放回书架吧。

"有没有创业和经营类的书呢？"

听了我的问题，女孩的大眼睛忽闪了一下。看上去她也就十几岁。

"嗯……就是商业类的书。不过，企业家自传什么的，对我也有用处。"

"森永望美"，这是她胸牌上的名字。她苦思冥想的样子让我有些于心不忍，便摆了摆手："没关系，算了吧。"

望美满脸通红地说："不好意思，我还在图书管理员的实习期。专业的图书管理员在里面的咨询台，请您去那边问问她吧。"

我顺着望美指的方向看去，天花板上垂下一块牌子，上面写着"咨询"二字。

居然还有专门的图书管理员，真是一间小而讲究的借阅室。我走到里面，看到屏风后面的咨询台，猛地一怔。

咨询台里坐着一个块头很大的女人。

快要撑到炸开的身子上，顶着一个没有下巴的脑袋。珍珠色的围裙外面是一件象牙白的粗羊毛开衫。女人皮肤白，衣服也白，简直就像《捉鬼敢死队》[1]中出现的棉花糖人。

我怯生生地凑了上去。棉花糖人神情肃穆，不知为何仿佛在瑟瑟打战。我以为她身子不舒服，仔细看了看四周，才发现她正在柜台里拿着针，对着一个圆形的东西戳来戳去。

……她是不是压力太大了？

我不知该不该和她搭话，打算掉头回去。就在这时，棉花糖人猛地抬起头来。一个猝不及防的对视，我定住了。

"你要找什么？"

她的声音出乎我意料地温柔。我吃了一惊，这人面上不苟言笑，心里竟然充满了慈爱。我像被什么吸住了似的，晃晃悠悠地转身走了回来。

我要找什么呢……也许是想给自己无处安放的梦想找一个寄托吧。

棉花糖人的胸前挂着名牌——小町小百合，原来她姓小町。她的团子头上插着一根带白花的簪子。

---

[1] 伊万·雷特曼导演，一九八四年上映的美国喜剧电影。

"那个……创业的书，这里有吗？"

"创业。"小町重复道。

"开创事业的创业。"

这个说法，也许会让人以为我在考虑什么伟大的事。我不由得有些尴尬，于是又追加了一个条件。

"还有，能让人顺利辞掉工作的书……"

明明我哪个都没做到——无论是创业，还是离开现在的公司。

小町将针和圆球放进手边那个橙色的纸盒子里。那是吴宫堂一款名叫蜂蜜圆饼的曲奇盒。小时候，每当我帮忙做家务，大人都会用蜂蜜圆饼代替金钱作为奖励。

小町打开盒盖，看着我。

"创业也有很多种呢。你想做什么？"

"我今后想开一家杂货店，卖古董。"

"今后。"

小町重复我说的话，但只重复了这个词。她的语气平缓，我却不知为何慌张，觉得不找借口不行。

"不，反正我也没法立刻辞掉工作，也没法一下子筹到一大笔钱来开店。这个'今后'的梦想，也许说着说着就会化为泡影。"

"……梦想会化为泡影吗？"

小町不解地歪了歪头。

"总谈'今后'的话，梦想是不会化为泡影的啦，只会像美梦一般，一直存续下去。也许不会实现，但我觉得，这也不失为一种生活方式。哪怕梦想没有指望，也不是件坏事。它会点亮人们的每一天嘛。"

我无话可说。

如果"今后"是让梦想持续的咒语,那么实现梦想的咒语应该是什么呢?

"不过,如果你想知道梦想的尽头有什么,就应该去探索。"

小町"唰"地摆正坐姿,面对着电脑。她的手在键盘上停顿了一秒钟,下一个瞬间飞速地敲打起键盘来,速度快到我看不清她的手指。我吃惊地张大了嘴。

最后,她华丽地按下回车键,打印机开始吐纸。她将打印好的纸张递给我,上面印的表格中有书名、作者名和书架号等信息。

《你也能开店》《我的小店》《退休前该考虑的七件事》。

列表的最后一行,是一个颇有违和感的书名。我又确认了一次:

《与英国皇家园艺协会共享——植物的神奇》。

我怀疑她搞错了,于是念出那长长的书名。声音虽小,但小町一定能听见。但她没有说话,只是看着我。

"植物的神奇?"

我再一次重复这半句。小町"嗯"了一声,摆弄着发簪。

"对了,这是刺槐的花。"

她说话时面无表情。我一头雾水,不知应该说些什么,只得不痛不痒地称赞了一句"很漂亮"。接着,小町指着那个蜂蜜圆饼的盒子。

盒盖上画着白色的小花。原来如此,这是刺槐的花啊。我经常见到这个包装,但没留意过这花的名字。

"蜂蜜圆饼的蜂蜜,就是刺槐的花蜜吧。"

小町喃喃着,微微弯下庞大的身躯,拉开了柜台下面的第二个抽屉。

"来,这是给你的。"

"什么?"

小町的手朝我伸来,手中轻轻握着一个奶油面包似的东西。我下意识地伸出手,她在我手心里放了一个软软的东西。

那是一只……毛线球似的小猫,褐色的身上有黑色花纹。是一只侧卧着酣睡的狸花猫。

"欸,这是什么?"

"赠品。"

"啊?"

"是你的随书赠品啦。"

赠品……还说是给我的……她这是什么意思呢?可能是我看起来像是喜欢猫的人吧。为什么会这样呢?

"做这个,好就好在不需要纸样,没有非怎样做不可的规矩。"

小町打开蜂蜜圆饼的盒盖,重新拿起毛球和针,细细密密地戳了起来,整个人散发出一种"什么都别问了"的气场。我拿着纸和小猫挂饰,准备离开。

"啊,对了。"

小町说话时,看也不看我一眼。

"临走前记得在前台写好离馆时间啊。忘记写的人很多。"

"哦,好的。"

戳呀戳,戳呀戳。棉花糖人微微地抖动着。

我对照表上的书架号,找到了表上所有的书,也包括第四本。书名虽长,但"植物的神奇"几个字在封面上被放得很大。

这时,比奈来了,比我想象中要快。哦,也许是因为和小町讲话用去了一段预料之外的时间。

比奈眼尖地发现了小猫挂饰，大喊着"这是什么！"便夺了过去。

"哎，是图书管理员送给我的。"

"好可爱，是羊毛毡呢。"

原来这东西叫羊毛毡啊。我打算将它送给比奈，她却还给了我："你要借书？"我有些惊讶地接过小猫。

"哦，我只是过来看看……"

我立刻将讲植物的书放在四本书的最上面，遮住其他几本的书名。

"您要办借阅卡吗？"

望美问我。正努力成为图书管理员的她，工作很热心。

不用了——我刚想这么说，比奈却接过了话头：

"谁都能借阅吗？"

"只要是住在这个区的居民就行。"

"啊，那我来办吧，他不住这个区。"

比奈被望美的热情感染，来到柜台前。我趁此机会，匆忙将创业相关的书放回原处，若无其事地只借了第四本书就离开了，仿佛自己成了一个喜欢植物的人。

出门之前，我想起小町的话，她提醒我记录离馆时间来着。我在来时填的那张表上写下时间，放下圆珠笔，发现旁边堆着一沓纸。

纸上印着"羽鸟交流家通信"的标题。大概是把"交流之家"省略成了"交流家"吧。用的是 A4 大小的彩色复印纸，透着明显的手工感，像是免费提供给来访者的。

纸面靠下的部分让我眼前一亮，印在上面的猫照片和小町送我的羊毛毡是同一只猫。那只狸花猫被一位戴眼镜、穿横条纹衫的男人抱在怀里,照片的背景是一排书架。

我不由得拿起那张纸来。

交流家通信 VOL.31 的专题是"员工推荐的店铺",介绍了市内的店铺信息,每家店铺占六分之一的版面。蛋糕店、花店、咖啡厅、炸猪排店、卡拉 OK 店。最下面的猫咪照片旁边附有一行小字:"借阅室的小町小百合管理员盛赞!"

店名是"Cat の Books(猫和书)"。顾名思义,这是一家卖猫主题图书的书店,店里有猫。

比奈推开门,看看外面说道:

"要下雨了。小谅,我们快走吧。"

我将交流家通信对折夹在书里,放进包中离开了公馆。

比奈有两个姐姐。大姐贵美子和我一样三十五岁,二姐惠里香三十二岁。听说比奈是父母年迈时意外得来的孩子。

贵美子单身,在大阪电视台做混音的工作;惠里香和捷克斯洛伐克人结婚,住在布拉格。可想而知,父母将比奈带在身边,必然格外疼爱她。

即便如此,当比奈周末要去我的公寓住或出门旅行时,他们都会爽快地送她出门。说是觉得比奈已经长大了,与其让她偷偷摸摸地对家里说谎,还是这样更好。也许这是大多数父母对第三个女儿的普遍做法。

去年夏天,我们租车兜风回来后,我将比奈送到了家门口,结果我几乎是被她的父母拽着进了她家。从那以后,我就渐渐被拉拢为这个家庭的一分子。虽然我还未向比奈商量过结婚的细节,但她的父母多半已有此意。

"小谅,最近工作忙吗?"

比奈的父亲边说边将啤酒瓶举了过来。我慌忙饮尽杯子里的半杯啤酒。

"嗯,是有点忙。现在正是年末调整的时候……不过,也怨我不得要领。"

"是有人把自己的工作强推给你了吧?小谅脾气好,又认真。"

她父亲给空杯子里加满啤酒。我点头道谢,将杯子接过来。

"爸爸,小谅酒量没那么好,你别老灌他。"比奈阻止她父亲。

"醉了就住下来呗。"她父亲笑着说。

"比奈,快过来帮帮忙——"

厨房里传来她母亲的声音,比奈离开了餐桌。

她父亲继续伸筷子夹煮咖喱,一面看着桌上的菜,一面对我说:

"……上面两个孩子从小就个性刚强,不管不顾地往浑水里跳,我们也就随她们去了……"

他放低了声音,大概是不想让厨房里的人听到。

"但比奈不一样。这孩子有点不接地气,净爱说些不着边际的梦话,可能是我把她宠坏了。有小谅这样踏实的男人在她身边,我就放心啦。"

她父亲沉默片刻,和气地微笑着,目光灼灼地望着我:

"比奈就拜托你了。"

这般情景下都无法爽快地答一句"好"的我,压根算不上踏实。我只是假装羞涩,扯起一抹暧昧的笑容。

幸运的是,比奈的父母对我满意,承认我是守护他们可爱女儿一生的伴侣候选人。

可这同时也是压力。尽管我在一家小企业工作,但也不可能对着二老说出想要辞职开杂货店的事。

毕竟，他们的安心并非源于我本人，而是源于我的公司。

回到公寓，我冲了个澡，拿着借来的书和手机，躺在床上。

《与英国皇家园艺协会共享——植物的神奇》。

我再次郑重地将书拿在手里，封面显得很高级。白底上画着线条纤细的植物铅笔画，中间闪闪发光的绿色书名做了印凹的工艺。这是一本印制精良的书。

尽管不明白图书管理员为何要将它推荐给我，但它显然符合我的喜好。粗略翻阅下来，内文是横排字，版式简洁大方，笔法细腻的插画排于其间。每个对开页都以提问形式组成，小学高年级学生大概就能读了，但整体感觉并不低幼。

仰躺在床上举着书看时，交流家通信掉了出来。我将书放到枕边，拾起那页纸。

猫主题的书店……

文章中写到，店主安原开了一家店，他收留的流浪猫也是店里的一员。这家书店位于三轩茶屋，只卖和猫有关的书，据说会将销售额的一部分捐给流浪猫收容机构。

我以前觉得，那个有小羊图案的茶匙的手持部分像郁金香，这么说来，它也有点像猫的脚掌。那种形状被称作"三裂"，手持部分平坦地展开，边缘部分有两个刻痕。

我在手机中输入"Cat の Books"，试着查这家店。

首先显示的是店家的推特账号，然后是几则颇热门的采访文章，热度出乎我的预料。

我打开第一篇文章，里面有一张安原穿着猫图案 T 恤的照片。他在书架前抱着猫，这次不是狸花猫了，是一只黑猫。看来店里有好几只猫。书店好像还可以点饮料，文章中有啤酒的照片，酒名是"星期三的猫"。

"猫、书、啤酒，被喜欢的东西环绕。"

图片下面是这样一行说明文字。我凝视着面对镜头微笑的安原。

真好啊，这样的生活，是我梦寐以求的……

我的眼皮越来越重，昏昏欲睡的大脑驱使着双眼扫视着网上的文章。安原似乎是一边在 IT 企业上班一边开店的。

这样也行吗……"社会化商业""众筹"，我跳过这些不熟悉的片假名往下读。

"我的这两项并行工作互为补充，不是主业和副业的关系。"

在安原的叙述中，我看到了这么一句话。

不是主业和副业的关系？这是什么意思？

"我查找'并行工作'一词，发现它出自管理学家彼得·德鲁克'让两项工作并行'的主张。这是副业的意思吗？"

我打了个哈欠，关闭了手机。我的确累了，又喝了酒。睡意袭来，我整个人如烂泥一般，闭上了眼。

第二天傍晚五点整，吉高正要收拾东西走人，我叫住了她。

"营业部经费结算书，你查完了吗？我等着交呢。"

"啊——那个啊……还没呢。我现在涂了指甲油,明天再查可以吗?"

吉高说着,朝我扬了扬手,她的手指头闪闪发亮。涂了指甲油就干不了活,她竟觉得这个理由说得通?我真是搞不懂她在想什么。

"那明天必须交啊。"

我是尽可能心平气和地说的,但吉高还是扭歪了脸,仿佛我对她说了很过分的话。

她一言不发,粗鲁地回到工位前,从包里取出手机,不知拨通了谁的电话。其间一直多加小心,以免碰坏她刚涂好的指甲。

"啊,喂?不好意思,我要晚一点到。突然有个工作要赶。"

不发 LINE 或邮件,而是打电话给对方,想必是故意要让我听见。我不由得有些内疚。

不对,怎么搞得我像坏人似的?

我不急不躁,边干自己的工作,边等吉高的文件。下班后我也有地方要去,但不拿到结算书就走不了。我必须把她检查好的文件再确认一遍,明天一大早就得交上去。

吉高大概花了四十分钟做好文件,将它丢在我桌上就走了。

我看了一眼手表,将文件装进包里,准备回家。到家再检查吧,带回家做的工作当然没法算加班,但也没有其他办法。

我来到新宿,去了趟商场。今天是古董集市的最后一天。

太好了,在闭店一小时前赶到了。场地里摆着陶瓷、画卷、杂货等物件。讽刺的是,这类东西很少能卖掉,集市多数时候都像展览会一般。

也就是说,它们一直卖不出去。不可否认的是,我也是抱着看看就好的心态来的——我一面欣赏一件伊万里烧的古董茶壶，一面想。

如果要开店，每天要卖掉多少东西才有收益呢？

店铺租金、电费、日常支出，林林总总加起来就是不小的开销。还要缴税。

粗略一想，果然难以付诸现实。

"咦，小谅？是小谅吧？"

我应声回过头去，一个长发烫了卷的大叔站在我眼前。他身上的宽松夹克引人注目，艳粉色底上画着黄绿色的花纹。两秒钟后，我记起了这张面孔。

"欸，那须田先生？"

"对对对！哇——亏你还记得我！"

他曾是烟木屋的常客，就住在店旁边的一套三层独栋大宅里，是房地产商的独子。记得他那时一边给他父亲打下手，一边做自己喜欢的各种事。他很中意"浪荡公子"这个词，喜欢用它来形容自己。将近二十年不曾见面，当时不过二十来岁的他如今着实上了年纪，但他依然喜欢穿迷幻风格的衣服，这在我记忆复苏的过程中帮了大忙。

"我也没想到，您竟然还记得我。"

"你一点也没变嘛，小谅！还是那么谨小慎微。"

他的话刺得我心里微微一痛，与此同时，熟悉的感觉也更为强烈。没错，他这人说话就是这样。

"小谅，你现在做什么呢？"

"我就是普通的公司职员。您呢？"

"我也是普通的浪荡公子。"

那须田从肩上的挎包里取出名片夹，递给我一张名片。名字的左上方用片假名写着三个头衔：改造设计师，房地产规划师，空间顾问。我不清楚具体的职业内容，只知道是围绕着房地产的一系列工作。

"哎呀，好久没见了。烟木屋突然闭店，吓了我一跳呢。"

"……嗯。"

"当时，警方也来我家了，可麻烦了。"

"警方？"

我的心跳立刻变得剧烈。我一直很牵挂烟木屋，怀疑海老川生了病，或者被卷入某些案子之中。

"听说海老川因为经营不善，欠了很多债逃跑了啦。"

听了这个，我的心情一落千丈。与海老川生病或被卷入案件相比，这是我最不希望听到的事实。

那个神奇的世界，一下子栩栩如生地出现在我眼前。那须田添油加醋道：

"哎，虽说我觉得他不可能赚到什么钱吧。他一定吃了很多苦头，就像那个店名一样，烟消云散，不知去向喽。"

开店果然是个苦差事，更别说开我理想中的那种古董店了。

"小谅没有名片吗？"

在那须田的要求下，我递上了自己的名片。

"欸，是那个家具制造商啊。哦，岸本，我知道我知道。有事常联系啊，我这边什么都做。跟你说，里贝拉的那个展览，是我策划的啊。"

那须田说出一个大型室内装潢品牌的名字。

哇，真没想到……这样说显得不太礼貌，但他竟真的参与了一个大项目。

不过，在财务部上班的我跟那须田之间应该没有工作上的交集。

电话铃声响起,是那须田的手机。"哎哟,"他看了看手机屏幕,"下次一起去喝酒啊!"说完,他边接电话边走出了场地。

第二天早上,我挑了个四周没人的时机,找了吉高。

昨晚我在家中检查了文件,发票和结算书的账对上了。但营业部的保坂提交的发票不太对劲。发票上有用涂改液改过的痕迹,刻意调换了数字"1"的位置。那一单是谈合作时的咖啡钱。透着光看,原先的数字是能对上的,但结算书填错了,会多报出十二日元。

原先的金额是用圆珠笔写的,但涂改液上的字迹则是水笔,笔迹也不一样。应该不是咖啡厅的人改的。这究竟是保坂干的,还是……

"吉高啊,这个……"

吉高见我指着那张发票,只是稍微变了变脸色,然后撇着嘴,发火似的说:

"哎呀,因为数有点对不上嘛。我又懒得为了这点小事再让保坂特意改一次。这样不是挺好的吗?也就差个十块钱,公司又不会因为这个倒闭。"

"这样不好。"

"那我来付这钱,行了吧?"

"不行啊。不是这么回事。"

"你怎么这么计较啊?为了十块钱,在这儿磨叽个没完,会招女孩子讨厌的啦。"

"这不是钱的事!"

我的声音大到连自己都吓了一跳。

吉高一下子红了脸,扭过身不再看我。她也许也没想到我会忽然怒吼。

"……小气的男人。"

吉高丢下一句怨愤满满的话，拿起包和外套走了。

我心里堵得慌，也不知道吉高去了哪里，只好坐立不安地工作。田渊今天调休，我正想着要不要跟人力反映一下，对方主动找了我。

人力部长一见我坐到他面前，就一脸为难地说：

"吉高刚才找我们，说你对她职场霸凌。她说要辞职呢。"

"她怎么这样！"

"听说是吉高不小心打翻了涂改液，然后写错了一个数，惹得你很不高兴？她说你差点跟她动手，刚才都把她吓哭了。还说你平时表现得很稳重，和她单独相处的时候就不一样了。"

想哭的人是我才对。愤怒、难过和不甘的情绪撑满了我的心房。不小心打翻了涂改液？她可真敢说。我刚才声音的确大了点，可根本没有要打她的意思，这不是冤枉好人吗？

但我没有任何证据证明自己的清白。

"总之，这件事就先到这儿。我会向上面报告的。"

人力部长说完，皱着眉头抱起双臂。

"其实，那孩子是社长的侄女。这事只有田渊知道，要是之前也跟你说一声就好了。"

回到公寓，比奈做好了晚饭等着我。星期五的晚上连上周六日，我们总是在一起度过周末的日子。

牛肉叉烧摆在眼前，公司的事依然在我脑海中挥之不去。

我——

我怎么会待在这么无聊的公司？我到底在干什么啊？

这样的日常，要持续到我退休吗？身处不如意的环境，还不能着急上火。回到家也要想着工作的事，这种迹象很久以前就隐约有了苗头。下班后，我要么为了跟同事的小矛盾烦恼，要么操心某个结算的进度。这跟还在上班有什么区别呢？我的生活被工作支配了，而且是我根本不想干的工作。

尽管如此，想到自己在公司会受排挤，我仍会感到难过。赖在这个自己无比腻烦的地方，还在拼命维护公司的利益。现在如此，今后一定也是一样。

"小谅，你怎么没精打采的呀？"

比奈歪着头问。我连忙强颜欢笑：

"啊，没什么。就是工作有点忙，算奖金什么的。"

"是吗，辛苦啦。"

比奈将两个红酒杯放在桌上，又抱来一小瓶红酒。

"那个，今天我的网店完成了当月销售指标，买家评价也都很好。所以……"

她开心地讲起来。

只做自己喜欢的事，不用见讨厌的人，经济上也没有烦恼，赚到一点钱就可以满心欢喜地开一瓶红酒……如果我也能像她这样，该有多好。

"虽然都是网上的事，但我竟有了一种自己也开了家店的感觉，很高兴。今后小谅开杂货店的时候……"

"别说得那么轻巧。"

我打断了比奈的话，她的身子轻轻抖了一下。明知是在乱发脾气，我却控制不住自己。

"我和你不一样，不能轻松地享受自己的爱好。你的网店，就算开得不成功，就算销售额为零，你也根本不会心烦吧！"

"……那不是爱好。"

比奈喃喃道。我心里一紧，抬起头来。

"我没有轻轻松松地把它当爱好来做——尽管你也许会那么认为。"

我渐渐冷静下来，想着必须得跟比奈道个歉。这时，她猛地站起来。

"今天我先回去了，看样子你是累了。"

我一下子捏紧了拳头，动弹不得，连追上比奈也做不到，只听得身后传来"吭当"的关门声。

我太差劲了……

本该和比奈一起度过的周末时光全砸在了我手里。我们很少吵架，所以我好久没这样一个人待着了。

我啪嗒啪嗒地按着遥控器，换了好几个频道，最后关了电视——净是些聒噪的娱乐节目，嘉宾的笑声听来异常刺耳。我将手伸向了放在床边的那本书。

植物的神奇。

我暂时走进了书中的世界，读到的内容也确实都很神奇。沉醉在和人际关系无缘的植物世界中，我的心情渐渐平稳下来。这种感觉和走进烟木屋的感受有些类似。

每翻过一页，我都更喜欢这本书一点。书中罗列了许多问答：树木为什么能长那么大？草为何割掉后还会再长？和植物讲话，它们真的会长得更好吗？向日葵真的会追太阳吗？

内文纸像漂白过的衬衫一样雪白且柔软，在精装硬壳的呵护下，拢得紧紧的。翻页顺滑，书甚至可以平摊在桌子上。整本书又和图鉴稍有区别，质感和内容都做得细致温柔。

第三章名为"奇妙的地下世界"，讲的是蚯蚓对植物的作用，植物的根朝向何方、占整体比例的多少等等。

书中有一张插图用一根线代表地面，在线的上下方分别画出树木和树根。望着这张图，我忽然觉得，土地之中大有学问。

等一下。

人类在地面上生活，多数情况下，只能看到植物的花和果实。

可当我们看到白薯或胡萝卜等植物时，地下的"根"立刻就成了主角。对植物来说，地上和地下的部分是相伴相生，维持着平衡的。

人们总认为自己关注的部分才是主要的，可在植物看来……

——两边都很重要？

意识到这一点，我忽然想起那篇有关并行工作的报道。

并行工作指两份互为补充，没有从属关系的工作。安原好像是这么说的吧。

就像植物在地上和地下的部分会各自发挥其作用，补充协作一样？

在公司上班和开店，说不定也可以兼顾。或许安原正在实践这一点。

说不定我也能做到呢？只要能找到一个办法，同时做好这两份工作。

第二天下午，我从涩谷出发去三轩茶屋，换乘东急世田谷线，在西太子堂站下车。我要去"Cat の Books"看看。

十二月即将过半，天上飘着小雪花。

我从无人车站出来，上了马路，循着事先记住的路往住宅区走。这一片全是民房，我打开地图应用确认了一下位置，沿着一条小路一直往前，就看到了一栋白色的房子，屋檐下的蓝色招牌上有一个黄猫商标。就是这里。

飘窗里陈列着许多绘本，封面上都有猫。

推开店门，在温热空气的包裹下，我不由得松了一口气。收银台前有一个烫了波波头的女人，眉清目秀。环视四周，店铺深处有一扇格子门，透过门缝，能看到一个穿蓝格子衫的男人。

那位就是安原。

进门的位置摆着新书，格子门里面放的好像是二手书。我有些忐忑地任目光在书架上逡巡，稳住心神后，才向收银台前的女人询问："我可以到里面去吗？"

对方叮嘱我脱鞋，我用酒精给手消毒后，推开了格子门。

……有猫。

一只狸花猫睡在沙发上，小町送我的羊毛毡和它如出一辙。另外一只狸花和黑猫从容地在书架间漫步。

"欢迎光临。"

安原正在招待屋里的一位女顾客，看到我后向我打了个招呼。他的声音低沉圆润，很好听。表情温和，本人比照片显得更加知性。

二手书区中间有一张桌子，上面放着一份小巧的饮品菜单。

我想尽量在这里多待一会儿，于是将菜单上的文字看了三遍，才对安原说：

"不好意思，我想点杯咖啡。"

"好的，热的可以吗？"

我点头，安原隔着格子门，对收银台前的女人轻轻使了个眼色。女人走过来，进了厨房。

有一只猫从我脚边走过。我以为是刚才那两只狸花中的一只，但它的肚子和脚都是白色的，是白肚狸花。刚才没注意，原来还有一只。每只猫的神态都极为放松，极为自然。

我一边喝着端上来的咖啡，一边拿过店里陈列的书来看。女店员回到了收银台前。喝着咖啡，看着猫儿们，置身于书本之间，我想，在这里放松一下就回家也不错。

一只戴着橘黄色脖套的狸花猫悄无声息地攀上了高处，是刚才睡在沙发上的那只。它"唰"地坐下来，摇动尾巴，忽地和我四目相对。

——你不是特意到这儿来的吗？为了看梦想的终点。

那猫仿佛在对我说话，我的心收紧了。

女顾客拿着一本书去收银台结账后，我放下咖啡杯，起身和安原打招呼。

"那个……"

安原转过头来。

"我是看了羽鸟交流之家图书管理员的推荐过来的。"

"这样啊。"他笑了,"是小町女士帮我们推荐的吧,真是很感谢她。"

"那个,其实我也想开一家店。"

本来想慢慢和他聊的,我竟然没忍住,直接说了出来。

我以为会惹安原不高兴,给他一种毛孩子说风凉话的感觉,但他的表情开朗了许多。

"是书店吗?"

"不,是杂货店,古董方面的。"

"欸——"安原饶有兴致地点头。我忐忑地说道:

"我在网上拜读了几篇采访您的报道,还了解到'并行工作'这个词。您工作日是去公司上班吧?"

"嗯。"

"我们能否借一步说话?我叫浦濑谅,在家具制造商做财务。"

"没问题。今天天气不好,顾客也不多。"

安原坐在一把圆木椅上,招手示意我坐在他的旁边。

我斜着半个身子,在他旁边的另一把圆木椅上坐下。

该从哪里问起呢?大脑还未整理好思绪,话已经说出了口。

"边在公司上班边开店,是不是很辛苦啊?不会两边都干得很痛苦吗?"

安原笑了笑。

"这个怎么说呢……同时干了两边的活之后,我反而觉得两边都不那么辛苦了呢。"

刚才那只狸花猫走过来,跳上安原的膝头。

"曾有一阵,我发疯地想辞掉公司的工作,现在却觉得继续在公司上班才能更好地享受开书店的乐趣。如果只开书店,可能就不得不想一些违背我心意的卖货方式,反而会因此痛苦吧。"

他一边抚摸猫咪，一边继续道：

"对我来说，工作确保了我在社会中的位置。两段并行的工作履历，就意味着两个位置。它们不是主业和副业的关系。"

位置。在地面和地下两个世界的面貌和角色。我心中想着植物的样子，问道：

"您在网上说过，这两份职业没有主从关系。"

"是的。"

"开书店和在公司工作挣得差不多吗？"

话刚出口，我脸就红了，竟然上来就问人家钱的事。

"问得很直接嘛！"安原大笑，"不是金钱层面上的主从。极端地说，书店在我看来和赚钱关系不大，它带给我的更多是精神上的富足感。当然，为了店铺的存续，我肯定想提高营业额。"

我大约明白了那种精神被喜欢的事填满的感觉。但如果两边的工作不存在主次之分，岂不是要不分白天黑夜，全年无休地干下去吗？

安原就不会有想偷懒、想休息、想放松一下的时候吗？我委婉地问：

"但既去公司上班，又要开店，是不是也不能旅行了呢？"

"这倒也是。"安原点头，也许他已经习惯了大家问这个问题，"不过，时不时会有平时很难见到的人来店里，也会遇见有意思的人，所以每天都像去了很多地方旅行。相当于足不出户，待在店里就会有人上钩。这也是一种开心的体验呢。"

这个回答令我眼前一亮。也不知在店里目睹过怎样的故事，见过怎样的人，才让安原清楚地意识到这一点。原来，自己开一家店，还会有如此美好的事发生。

……不过，这一切也许只有安原才办得到吧。他聪明，有知识、有品位、有人脉，人品也好。我很难想象自己能做到他这个程度。

"我总觉得自己缺少的东西太多了。资金不够，时间不够……勇气也不够。一直想着今后一定要开店，却从未付诸行动。"

安原沉默了一会儿，注视着狸花猫。也许我的负面情绪太重，让他无话可说了吧。

他忽然转过脸看着我，嘴边带着柔和的笑意。

"只要还不够，就不行。"

"欸？"

"必须把'不够'当作'目标'。"

当作目标？

他的意思是，我应该准备资金、创造时间，然后……鼓起勇气？

我一时间不知该说什么，安原苦笑着对我说：

"我这个人啊，不擅交际。"

和他初次见面的我，听到这句话相当意外。他明明这么热情地和我聊着天，明明做的是服务业呀。

"但从某个时候起，我告诉自己要多听别人的话。我参加了很多活动，奇迹般地从中得到了许多机会，邂逅了很多机缘。"

狸花猫从安原的腿上跳了下来，慢悠悠地走到黑猫旁边，把头凑过去，仿佛在和它交换着某些信息。

"人和人，是相互联结的。从一个节点开始，一点点发散出去。如果总在等待合适的时机，机缘也许就不会来。试着多见人，多和人说话，渐渐你就会觉得，见识了这么多，应该没什么问题了。这时候，'今后'也许就会变成'明天'。"

安原看着猫儿们,喃喃自语般说着:

"重要的,也许是不错过命中注定的时机吧。"

命中注定。

看上去像是现实主义者的安原,却抛出这样一句重磅的话。我望着他,目光中带着羡慕。

"……您现在做着喜欢做的事,梦想已经实现了吧。"

真好啊——我发自内心地这样想。可安原却歪了歪头。

"我不觉得这是我的梦想。"

"欸?可是……"

"如果只想每日与猫、书和啤酒为伴,也不一定非要开店吧。并不是开店的目标实现了就万事大吉,而是走到这一步之后,我终于有了可以做的事。一些和数字无关的事。"

我大为震撼。安原处在谁都会羡慕的环境中,却说自己在寻找此时此刻可以做的事。

但望着他炯炯有神的双眼,我就放下心来。也许这才是真正的"梦想的终点"。

安原的手在桌上交叠。

"小谅开店是为了什么呢?除了想被古董环绕以外,你开店的理由是什么?"

他抛来一个宽泛的话题,我低下头。

这个问题,将指引我前进的方向。并且,我肯定已经知道它的答案了。

"……让我仔细想想。"

狸花猫不知什么时候来到了我脚边,蹭着我的小腿。我从椅子上蹲下来,抚摸着它的额头。安原问:

"你是想一个人开店吗?"

我暗暗吃惊。

比奈的脸出现在我脑海之中。如果她能在我身边，那该多幸福啊。但是……

"一个人开店会很辛苦啊。最好有一个搭档能和你有个商量，或者听你抱怨，家人或好朋友都行。要是没有人分担情绪上的痛苦，那会很难熬的。"

安原说着，将目光投向格子门外面，看着收银台前的那个女人。

我明白了。

"那是您的搭档吧。"

"她是我妻子美澄。"

安原坦率地说。

"要开这家店的时候，美澄有和您说过什么吗？"

安原一下子低了头：

"……她什么也没说。"

接着，他脸上露出和刚才完全不同的平静笑容。

"她二话不说，就陪着我一起开店。我很感谢她。"

第二天是星期天，我独自来到羽鸟交流之家。为了把之前借的书还到借阅室……并以此为借口，见我想见的人。

我将书还到借阅室进门处的柜台，望美接过了书。

走到里面，小町坐在咨询台前。

"小町，我昨天去了'Cat の Books'。"

听了我的话,小町挑了挑眉,满足地嘿嘿一笑。

"安原夫妇让我代他们向你问好。"

"哦,我和安原太太是老朋友了。她是我在图书馆上班时候的同事。美澄还好吗?"

"她挺好的,他们两口子很恩爱。"

我说着从书包里拿出小猫羊毛毡。

"是你指引我去那家店的,谢谢你。我现在明白了,不能等着'今后'。我打算立刻行动起来。"

小町轻轻摇头:

"你不是已经行动起来了吗?"

我深吸一口气。

小町沉稳地继续说道:"那家店不是我让你去的,而是你自己发现的。你是自己做了决定,亲自去店里见了安原的呀。你早就行动起来啦。"

小町活动了两下脖子。我手上的猫仿佛下一秒就会张开双眼。

我还有一个人要见。

离开交流之家,我往比奈的家走去,手插进裤兜里,摩挲着一直放在里面当护身符的小羊图案汤匙。

今天早上走出公寓之前,我给比奈打了电话。

我为前天的事向她道歉,告诉她有些话想见面对她说,比奈要我去她家里聊。她的父母好像一起出门了。

到了比奈家，我按响门铃。她马上就从大门里出来了。

"上楼吧。"

我一进家门，比奈就爬上楼梯。我也跟在她身后走上二层。她好像正在自己的房间做饰品。桌上摆着工具和海玻璃。

"前天是我不对。"

说出这句和早上一模一样的话后，我为自己词汇量的贫瘠而失望。比奈忍俊不禁。

"这个我已经听过了啦。"

她的笑容于我来说如救赎一般，带着这份感动，我从书包中拿出红酒瓶和玻璃杯。是那天比奈要开的那瓶酒。

比奈吓了一跳，我在她面前打开红酒，把酒倒进两个杯子里。

"恭喜你完成指标。"

她缩着脖子，不好意思地说了句"谢谢"。

干杯——玻璃杯相碰，发出清脆的声音，杯中的红酒像波浪般摇动着。

"……比奈很厉害啊，成功实现了目标。最了不起的是，亲自给自己开辟出了一条道路。"

比奈笑了笑，单手拢起散落在桌上的海玻璃。

"人们都说，这种手工制作的东西，做的时候就已经知道最后会到谁的手上了。这说法有点神秘兮兮的，但我似乎明白它的意思。"

"……欸？"

"因为做的时候，我是想着它今后的主人来做的。虽然不知道对方到底长什么样子，但一心希望被对方看到，就有了一种和它未来的主人交流的感觉。一想到经过漫长时间之旅的海玻璃，将要通过我的手，去它应该去的地方，我就高兴得不得了。"

比奈说的这些，我也深有同感。

我想起放在裤兜里的那件珍宝。烟木屋已经不在了，但我手边还有这个汤匙。

遇见这个汤匙的时候，我曾想过。

也许曾有一位贵妇人，将它放在茶杯中享用过下午茶。也许曾有一位温柔的母亲，将它递到幼小的儿子嘴边。也许那个男孩渐渐长大，长成胖乎乎的大叔后，依然对这汤匙珍爱有加。也可能它颇有人气，有三个小姐妹争着用它。又或者……

也有可能，那是上个世纪初的我用过的东西。

或许它兜兜转转，又一次回到了我身边。或许它本就是我的汤匙，是烟木屋安排了我们的重逢。

我想将那些历经悠久岁月传承的东西，那些在不同的时间待在不同人身边的东西，送到它们原本的主人手中。

我愿意成为一座桥梁，为这些老物件和寻找它们的人准备一个空间，让来到我这里的人将老物件拿在手中，确认相遇时的感动。

这就是我开店的最大愿望。

"有一样东西想让你看看。"

我从书包中取出一份薄薄的文件，在比奈面前打开。

那是昨天晚上，我独自做的预算表。古董杂货店的开店和运营预算。

物权取得费、内部装修、通风系统、日常用具及储备物品的开销……先是开店大约需要多少资金，然后是开店后的租金、电气费、消耗品费用、进货费。每天大概要有多少营业额才能将店铺维持下去。我绞尽脑汁，拼凑出一份蓝图。

"我打算从现在开始为开店做准备。开店之后，也不会辞掉公司的工作。公司员工和店主两边都做。"

比奈双手捂住嘴，眼睛闪闪发亮。

"好棒，我觉得很好！小谅竟然能做出这个东西，好厉害啊！"

——所以……所以，你愿不愿意帮帮我？

我咽下了这句相当于求婚的话。

我还不知道自己能否成功，如果开店前就结婚，也许会让比奈很辛苦。不，一定会让她很辛苦。

求婚的话，还是等店和公司两边的工作都稳定下来，到时候再……

啊，又是"今后"。意识到这一点，我的心隐隐作痛。我跟安原真是太不一样了，我这样的男人，根本没法让比奈愿意和我一起生活。

这时，比奈在颓丧的我身边直截了当地开了口：

"小谅，我们结婚吧。越快越好。"

"……欸？"

没想到比奈抢在前面提到了结婚的事，胆怯的我也有些蠢蠢欲动。但想到被警方追查的海老川，我难免心有忐忑。

"但如果店开不好，倒闭了的话……"

"倒闭怎么了？倒闭就不行吗？"

比奈一语道破了我心中的困惑。

不是那样的。

警方追查海老川，是因为他欠债不还就下落不明，而不是因为他的店倒闭。

"就算真的要关张，不是也没伤害到什么人吗？你只是不想被人看笑话吧？这种无聊的自尊心，是没有必要的呀。也不用雇别人，我们夫妻一起干是最顺的。"

一起……不是"帮忙"，而是"一起"。

比奈给了我勇气。

我知道了，安原一定也是这样。他说美澄陪着他一起，应该就是愿意和他一起努力的意思。他不是说过，他们是搭档吗？

没有主从关系，两边都是主要的。也许，夫妻之间也应当如此。

比奈望着天，不知在想些什么。

"这么一来，要想的事可就太多啦。小谅，我们还得去一趟警察局。"

"警察局？"

"是呀。卖古董的话，要向警方申请资格证吧？"

还真是。我不由得笑了，看来无论怎样，都要麻烦警察了。

比奈的食指点着下巴。

"然后应该先众筹吧……"

众筹，安原的采访报道上也提到了这个词。指的是在网上请大家提供帮助，用募得的资金做想做的事。

比奈居然提出这个办法，我有些畏怯地喃喃道：

"普通人也能轻松地众筹吗？"

她的反应有些无奈：

"小谅啊，众筹就是普通人用的办法。"

比奈探出身子，对我发问：

"小谅，你觉得这个世界是靠什么运转的？"

"嗯……哎，靠……爱吗？"

"欸——！"我话音刚落，她便大叫起来，瞪圆了眼睛。

"你好厉害呢，我就是喜欢这样的你。"

她笑得很可疑，继而揶揄道：

"我觉得吧，是靠信用。"

"……信用。"

"是啊。向银行借钱，请人工作或接受委托，和朋友相约去餐厅吃饭，都建立在双方的信用之上。"

比奈滔滔不绝地发表着她的看法，我惊讶地听着。

原来她比我对信息更敏感，对事考虑得更周到，并且能持续不断地从外界获取信息。原来她是这样主动的人。

不……其实，也许我只是假装没有发现这些罢了。

比奈为了开一家自己的网店，会特意去报班学习。听讲座时，会积极向茂木老师提问。我其实一直明白，对她来说，开店不是不接地气、不着边际的梦想，而是脚踏实地的现实。不过是我那"无聊的自尊心"在作祟，觉得自己是个男人，又大她十岁，于是移开目光，不去细想这些。

"如果你以为众筹只是为了筹钱，那就糟了。毕竟没有人知道能不能筹到足够开店的钱嘛。我觉得，众筹最大的好处，是它能成为强力的宣传工具。众筹方热血地讲述自己的计划，获取大家的信任。没有经验的人坦诚地陈述真实的想法，一定可以打动人心。如果店真的开起来，众筹时资助过我们的顾客肯定也会高兴地过来捧场。"

听着比奈的话，我的心跳越来越快。

尽管还是个做梦般的话题，但她对我们未来的想象已经很逼真了。

"……我好像有点迫不及待了。"

我按着胸口说。比奈高兴地抓住我的胳膊：

"这就对了！如果兴奋的情绪比理智更强烈，就证明这个决定是对的。不会有错。"

我忽然看到比奈桌子一角放着一只小瓶子，想起了安原的话。

"重要的是——"

那只比奈很宝贝的小瓶子里，有一块红色的海玻璃。

那是我们在海边相遇那天，我捡到送给她的。有了它，才有了后来我们在国际展示场的重逢。

不要怕，我也一定做得到——这种强烈的确信令我兴奋不已。

没错，因为那时候我——

没有错过命中安排的机遇。

第二周刚一上班，我就被叫到了社长办公室。

减薪还是调职？最糟就是辞退吧。刚想挑战并行工作，就早早被公司除名，可真是让人笑不出来啊。

但社长将我迎进门后，竟诚惶诚恐地向我赔起不是来。

"美哉给你添麻烦了吧，抱歉啊。"

他说的是吉高。

"上周五，人力部向我报告了。我跟美哉问了情况，她说的和人力部跟我说的一样。星期六，我打高尔夫的时候和田渊君见了一面。"

"您和田渊先生……"

"我跟田渊君一说,他勃然大怒,说你不可能干这种事。还说没有哪个男人比你更诚实了,其他部门的员工也对你信赖有加。"

我吃惊地瞪大了双眼。田渊明知道吉高是社长的侄女,竟还能这样为我说话。

"可把我吓坏了。我跟田渊君是老交情了,但从没见他这样发过火。于是,我又和美哉好好谈了一次。她也承认了她的过错。"

比奈说得果然没错。

从社长到田渊,从田渊到我……这个世界,是靠信用转动的。

吉高请了一天假,第二天若无其事地来上班了。

她站在我面前,简短地说了一句:"之前很抱歉。"

她一副不情不愿的样子,根本不看我的眼睛,却对我深深地鞠了一躬。我看着她的后脑勺,说了句:"就这样吧。"那件事就这样过去了。

吉高出门办事时,田渊对我说:

"浦濑君,你就这么轻易饶了她啊?说不定吉高在心里做鬼脸呢。"

我苦笑。

"没什么,既然她没一怒之下辞掉工作,又正常来上班了,想必她心里之前也有个大疙瘩吧。所以,今后我还是会相信她。"

"哇。"田渊嘟了嘟嘴。我递给他三张纸。

"这是新软件的说明书。我把你容易弄不明白的地方总结了一下。"

"欸？哇，好棒！帮大忙了！"

田渊看着我整理的说明，心悦诚服地点了点头。有了这个，田渊的工作就不会迟迟没有进展，大概也不会就着一个问题反复问我许多次了。

"我们都把效率提起来吧。"

首先要调整我在公司的工作方式，拒绝无意义的加班。这是实现并行工作的前提之一。

田渊揶揄道：

"咦？浦濑君，你的表情好像跟以前不一样了啊？好像格外有精神，今天要不要去喝一杯？"

"不，今天我要准点下班。"

今晚我约了那须田见面。今后要慢慢向他请教店铺选址、房地产行情、内部装修之类的问题。

比奈在讲座之后一直和茂木老师保持着联系，对方好像愿意向她透露卖矿石的货源。

我们分头行动，为了将那些不知不觉间连在一起的命运之线拽到身边。

要做的事还有很多，但我不想再用"没时间"当借口了。

我开始利用手头的时间，做力所能及的事。

"今后"变成了"明天"。

刻在汤匙柄上的小羊，已开始在我心中奔跑。

第三章

夏美

四十岁　前杂志编辑

お探し物は図書室まで
人生借阅室

即使每个曾是孩子的大人都必然会在人生中的某一个时刻明白圣诞老人并不存在,但圣诞老人的形象依然没有要从圣诞节中消失的意思。这并非由于小孩子们还对圣诞老人的童话深信不疑,而是因为曾经的那些孩子长大之后,依然打心底理解圣诞老人的真意,依然活在有圣诞老人的世界之中。

这本书,我不知道读过多少次。

摘下护封,里面是纯白而不加修饰的封皮,这也是我喜欢它的原因之一。这本书就像护身符一般,我出门时也经常随身携带。我在书中贴了很多张小字条,它们五彩缤纷,从书本白色的身体中探出头来。

早上一翻日历,十二月来了。今年的圣诞节,要送给女儿双叶什么礼物呢?圣诞老人的烦恼中满含喜悦。

不经意间,我看了看窗外。

暮冬的阳光照在我身上。原来,距离那个夏天已经过去三个月了。

　　岁末已近，白日里的天空蓝得透彻。天空中有一弯上弦月，白得很清淡。

――八月。

　　暑期休假已经结束，全公司回到了正常运营的模式。

　　我在一家名为万有社的出版社工作，在资料部管理出版物，并为公司员工准备他们需要的老资料，申请必要的文献。整理面向外部的公司简介和资料也是我们部门的工作。

　　部门员工五人，除了我都是五十来岁的男人。大家话都不多，调岗过来两年了，我仍旧常常感到环境是陌生的。

　　调岗之前，我在杂志 Mila 的编辑部工作。那是一份以二十来岁女性为受众的信息类杂志。

　　进入公司的十五年来，我一向勤勤恳恳。在此期间怀上孩子，尽管突然，但并非偶然。三十七岁的我知道自己不再年轻，怀孕正是我期盼的结果。我认为选在这个时间生产，尽快回到工作岗位，对健康和工作的风险及影响都能降到最低，于是我努力了一把。

　　我不否认，自己确实有些逞强。得知怀孕后，直到进入稳定期，除了主编以外，我没对任何人说。因为不想让大家过分关照我。孕吐的痛苦也一个人默默忍下来，有时激素分泌导致的强烈困意突然袭来，我就往嘴里塞一大把薄荷味口香糖熬过去。

　　直到月份大到没法再向同事们隐瞒，告诉大家后，我也在努力坚持，不让他们觉得和孕妇一起工作很辛苦。

我一直干到预产期临近，孩子在第二年初出生。一月生产，可以休一年零四个月的产假，到后年再去上班，但我决定只休四个月。要将刚出生三个多月的双叶送进保育园时，我不是没有犹豫过，但我还是想着尽早回去上班，哪怕早一天也是好的。

当然，回公司的第一天，我还是去了 Mila 编辑部报到。

许久不见的同事们对我说着"欢迎回来"，笑容中带着几丝僵硬。就在我觉得这冷淡的气氛不太对劲的时候，主编一句"崎谷，你来一下"，将我叫到会议室。然后猝然向我宣布，我被调岗到了资料部。

"为什么呢？"

我愣了好久，才颤抖着问出这句话。主编不痛不痒地答道：

"一边做编辑，一边照顾小孩，你会很辛苦吧？"

"但是我……"

无处安放的疑问和愤怒在我心里翻涌着，久久挥散不去。

为什么，为什么，为什么？为了回归编辑部的工作，我产假中的每个月都将 Mila 从头到尾检查一边，并且查阅资料、思考企划，以便回来上班后能立刻进入状态，补齐落下的进度。

我这十三年来在 Mila 编辑部底做了什么呢？难道我没有留下任何成绩，以至于他们都不愿意等等我？我完全没想到，休完产假，部门中会没有了我的位置。

"人力部门特意为你着想，希望你能朝九晚五，早点下班呢。"

面对主编的劝慰，我心中的想法脱口而出：

"没关系，工作和育儿，我两边都能做好。我事先和老公商量过了，我们俩可以一起带孩子，考虑到今后的加班和晚上的聚会，我还物色了几位保姆……"

"已经定下来了。你就别那么逞强啦，还是资料部更轻松嘛！"

主编不耐烦地打断了我的话。

也许此时此刻，我才真正明白什么叫绝望。公司做这个决定，可能是出于一片好心吧。但我不愿乐得轻松。"我们已经不需要你了"——我仿佛听到了这样的声音，就要坠入漆黑的洞窟。

万有社没有有小孩的女员工。在我之前，没有先例。既然如此，我就来做第一个吃螃蟹的人——是我把一切想得太简单了吗？

两年过去了，我也曾几次萌生跳槽去其他社的杂志编辑部的想法，但和丈夫一起带孩子的过程一点也不顺畅，出乎意料的事情频频发生，成了实际存在的问题。我根本没有像之前设想的那样自由，也难以设立新计划。尽管我不愿承认，但像往常那样，继续在分工合作、争分夺秒地完成任务的杂志编辑部干下去，对如今的我来说或许真的很难。既然如此，不如就在这资料部韬光养晦，熬到孩子长大再说吧。

墙上的时钟刚过五点，我默不作声地背上书包，离开工位，溜出走廊。部门的其他人还在埋头工作，准点下班不是什么坏事，但我到底还是感到内疚。

家附近的保育园已经招满了，由于赶着时间回归工作，我勉强把双叶送进了另一家保育园，在离家一站地以外的车站不远处。这样一来，去公司上班就更远了。就算五点出公司，只要错过一班电车，后面的换乘也会不顺。有时候到晚了，双叶就成了最后一个等家长来接的小朋友，那孤零零的身影不免令我心痛。

我小跑着到车站要七分钟,起初的三分钟充满对公司同事的歉疚,后面的四分钟充满对等我的双叶的歉疚。对不起,对不起——我总是一边在心里抱歉,一边检票进站。

今晚丈夫修二肯定也回来很晚。我在电车上晃晃悠悠地呆望着窗外还未暗淡的天光。

昨天是星期五,我听说修二周末要出差。他在企划公司上班,最近的加班和出差好像比之前更多了。或许这次出差真的是临时决定的,但我还是希望他能提早告诉我。

平日的生活中,有很多事需要细致处理。就拿送孩子上保育园这一件事来说,除了接送,还要填联系簿,准备孩子在保育园用的东西,还需要为一些活动做特殊准备。周末又有工作日赶不过来的活等着做:晾被子、打扫浴室、整理冰箱等等。

不,这些事也不是非做不可。修二不在家也没什么,浴室稍微脏一些也无妨,饭也可以简单对付一下。

至于哪里痛苦,无非是我原本期待周末他能帮我分担一部分家务、带带孩子的,如今都要自己完成了。

修二算是一个疼孩子的人。他并不反感给双叶换尿布,孩子刚开始吃辅食的时候,他还亲自查了菜谱做过。最重要的,是他看双叶的目光充满了爱和温柔。即使有了麻烦事,只要修二在,我就能轻松许多。单独和一个一刻也离不开人的婴儿相处,脑子里总得绷着一根弦,这种状态令我隐隐感到焦虑。

我也很疼双叶,对她的情感不掺一丝杂质。但我对她的爱和封闭式育儿带来的窒息感完全是两回事。

早上,我目送修二出门,本想睡个回笼觉,可双叶醒了。不知道为什么,休息日她总是醒得很早。

吃完早饭,双叶把玩具箱里的玩具掏了个底朝天,开始玩耍。我趁着这段时间将洗好的衣服晾到阳台。

双叶的被单很占地方,我将晾衣架挪到一边,把被单搭在晾衣杆上。

保育园的被单指定要格子纹的,每个星期五接孩子的时候从被子上撤下来,下个星期一的早上再套回去。因此,每星期的第一个早上总是手忙脚乱的,修二听了,却只答了一句"欸——"。这种事,光是听听当然会觉得没什么大不了吧,他肯定没法理解。想到这儿,我又是一阵胸闷气短。

从阳台回到客厅时,双叶正凑在电视机前看动画片。地板上的玩具扔得到处都是。

"双双——要是不玩玩具了,我们就把它收起来吧。"

"不嘛。"

"堆在外面我就扔掉了啊。"

"不嘛!不许扔掉!"

"那就收起来。"

"不嘛。"

无论说什么都是"不嘛不嘛",这是两岁孩子魔鬼般的特质。育儿书上写道,每个孩子成长中都会有这样的阶段,家长要有耐心,默默守护宝宝,不要训斥他们。我默默宽慰心里那个不成熟的、闹别扭的自己,跨过一地的玩具,走向厨房。

我开始洗昨晚放在水池里的双叶的水壶。水壶是开盖便有吸管伸出来的款式,容易弄脏且不好清洗。我摘下沾上茶渍的垫圈漂白杀菌，先用洗涤剂泡上，这是周末的家务之一。这些不起眼的琐碎活计格外占时间。即便是休息日，也没法有个畅快的心情。

耐心，耐心啊。耐心这东西，要是哪里有卖，我一定去买。

我是不是不擅长带孩子啊——我叹了口气。本以为自己能做得更好些，但要和双叶两人在屋里整整待上两天，真是太漫长了。

要不去公园走走吧？如果赶上人少，那真是好运气，可要是碰上那种"长在公园里"的妈妈，那就太可怕了。所以我多数时候都在公园周围转一圈便回家。如此想来，去公园也并非上策。

还有哪里能让我没有负担地打发和双叶共度的时间呢？去海洋馆或动物园有点夸张，去区立图书馆又得坐班次很少的公交。

我忽然想起来，有一次接孩子时园长说过："交流之家的借阅室有童书专区。"

双叶长大一些后要去就读的那所小学里，好像开了一个交流之家。接孩子回家的时候，我偶然听到这么一句，但没放在心上。后来我用手机一查，发现那是个蛮正规的机构。有会议、和室，还面向成年人开设一些讲座。

那所小学离我家步行十分钟左右。尽管现在为时尚早，但提前了解一下小学的环境也不坏，从家走过去也算散步了。

"双双，我们出去玩吧？"

蹲在电视机前的双叶猛地站了起来。太好啦，她大概不会继续说不了。

我牵着双叶的手走在路上，她一跳一跳地走着，戴着草帽的小脑袋晃来晃去。

"双双呀，今天，穿袜袜了呦——"

双叶边说边开心地抬起头，我忍俊不禁。袜袜——她指的是她喜欢的那双有小猫图案的袜子。毕竟是自己的亲闺女，她这副模样着实可爱得很。

我们路过小学的正门，围墙转角的地方有一块画着箭头的指示牌，上面写着"交流之家往这边"，好像就是小路里面的那栋白色建筑。我在前台登记了姓名、来访目的和出入时间，走了进去。借阅室在一层最里面。

从借阅室右手边往里走，便是童书专区。这块空间用低矮的书架围成，小小的长桌桌角是圆的，地上铺着橡胶材质的垫子，进去需要脱鞋。

没有其他顾客，我松了口气，和双叶一起脱下鞋，在童书专区坐下。

被一圈绘本围在中间，让人感觉很治愈。我从书架上随意抽出几本书。

我习惯性地看了一下这几本书的出版社：空之音社，麦普尔书房，星云馆。以儿童为读者群的出版社，名字往往也取得温柔耐听。

双叶开始脱袜子，刚才她还高高兴兴地穿着的。

"双双，你热吗？"

"光脚。光脚的杰乐普。"

"杰乐普？"

我能听懂她说的不少话了，但她偶尔还是会说些莫名其妙的东西。我将双叶脱下来的袜子攒成团，装进母婴包里。双叶开始在书架前转来转去。

一个梳着马尾辫的女孩忽然从书架后面露出脸来。

"她是想找格勒布吧?"

女孩套着深蓝色的围裙,手里拿着好几本书,应该是借阅室的员工吧。挂在她脖子上的名牌上写着"森永望美"。她带着新绿的嫩芽般清新的笑容告诉我:

"《光脚的格勒布》,是很受欢迎的绘本系列啊。讲的是蜈蚣的故事。"

"嗯?蜈蚣……"

望美扑哧一笑,脱下鞋走进来,将手里的书暂时放在长桌上,顺势从书架上取出一册绘本,递给双叶。

"杰乐普!"

双叶兴高采烈地扑向那绘本,大概是她之前在保育园看过吧。翻开封皮,第一张画是主角蜈蚣拼命把脚踩进鞋子的情景。数不清的脚有一半光着,另一半踩在各式各样的鞋子里。我望着那扭成奇怪形状的图画,觉得实在很难用"可爱"来形容。望美说:

"这只蜈蚣叫格勒布,这个发音和长相,可能让大人们觉得难受,但孩子们都很喜欢。书里还画了苍蝇、蟑螂,但情感充沛,还蛮好的。在我看来,这套书很不错,能从孩子的视角出发——小孩子对那些所谓的害虫,并没有先入为主的观念。"

好厉害,不愧是专业的工作人员。我佩服地点头。

"这里的书可以借吗?"

"只要是区民,就可以借。如果您还想看其他的书,那里面有一位图书管理员。"

望美向屋子的另一边伸出手。她手指的方向被屏风挡着,看不清楚,但有"咨询"的牌子从天花板上垂下来。

"我还以为你就是图书管理员呢。"

听了我的话，望美害羞地摆摆手：

"不，我还在学习。我是高中毕业来的，要当图书管理员，需要三年的工作经验。我刚第一年，还要好好努力呢。"

她有一双明润的大眼睛，青春的气息在她身上闪着耀眼的光。为了做上喜欢的工作，她正心无旁骛地积攒那所谓的"工作经验"。这份热忱让我心潮澎湃。

我也曾像她一样，为了想做的事努力求职过啊。

我一直想在出版社工作，想做书。Mila 是我最爱的杂志，被分到它的编辑部时，我喜不自禁。

五年前，为 Mila 拿下彼方美津江老师连载的人也是我。美津江老师当时已经七十岁了，主编说年轻的女孩不爱看她写的东西，而且我们要连载的是小说，不是随笔，根本不适合 Mila 这种信息类杂志，于是断然否决了这个选题。

但我坚信，美津江老师的文字会打动年轻女孩的心。虽然她写的一直是历史小说和纯文学，但作品深处藏着某种力量，充满了对未来的希望，我敢肯定，正是二十几岁的年轻姑娘才会对这些产生共鸣。只要找准设定和写法，读者们一定迫不及待地想知道故事的发展，每个月都会对 Mila 满怀期待。

于是，我去局长那里游说，换来的却是他的嘲讽："如果想看她写说教类的文章，你就去试试看吧。"局长的回应相当于是和主编观点不同的另一种否定。他的意思是，美津江老师那样的大作者不可能屈尊给 Mila 这种小姑娘看的杂志写东西。

于是，我对美津江老师发起了猛攻。起初她拒绝了我，打马虎眼，说自己给月刊杂志写连载已经写不过来了。

但我求了她很多次。"我想将藏在您小说中的那种好强、明媚又向上的感觉，传递给那些努力生活的女孩子。"——我恳切地向她邀稿，并保证会全力以赴支持她的工作。

谈到第五次时，美津江老师终于点了头。她说，她想知道跟我合作，会写出怎样的故事。

美津江老师的连载小说《粉色的悬铃木》（简称《粉悬》），描绘了两个性格迥异的女孩之间既非友谊也非敌对的关系，连载很快成了 Mila 的明星栏目。杂志销量提升，也明显和这部小说的连载有很大关系。为期一年半的连载在读者的盛赞中迎来最终回，随即结集成书。万有社没有小说部，将书稿整理成书、去书店推书也都成了我的工作，同时我还照常做着 Mila 的编辑。那是我入社以来最忙的一段时间，我却每天乐不可支。

后来，那部小说还获得了一年一度的文学奖项"书架大奖"。全公司都沸腾了。以杂志为主业的万有社竟在文学界如此崭露头角，这无疑是史无前例的。一次，我在走廊上和局长擦肩而过，他叫住了我，暗示有意升我做副主编。

随后我就查出了怀孕。即将迎来一段休假，说没有丝毫不安是假的。但我自诩对公司做出了一定程度的贡献。编辑是我深爱的工作，我和美津江老师之间也建立了信任，打算休假回来投入更多更多。对我来说，编辑这份工作是慎重积累的努力的结晶。

但是……

我就这样被人取代了。原来我这一路走来的经验和努力，丝毫没有被人认可。

早知道回不去 Mila，休产假的时候我就不一心想着工作了。应该多和双叶相处才好。双叶熟睡的时候，我就该珍惜宝贵的独处时间，不把注意力放在研究选题、收集信息上，和她一起多躺一会儿，看看韩剧，干点个人爱好都是好的。

最终，工作和育儿都做得不尽如人意，琐碎的日常却将我的双手塞得满满的。

我到底该怎么办呢？应该做些什么呢？我好像一直在兜圈子。在没有出路的迷宫里痴人说梦，裹足不前。

软乎乎的双叶坐在地上翻看绘本，我对她说：

"双双，我去那边给你找几本有意思的绘本啊。"

双叶肯定听到了我的话，但她专注地看着格勒布，连句"不"也没说。

"我在这里看着她，您去吧。"望美说。

"欸，但是——"

"现在也没有别的顾客嘛，您不用客气。"

恭敬不如从命，我穿上鞋。要是能在这儿借几本好看的绘本，周末或许还能好过一些。

我穿过用作留言板的屏风，瞄了咨询台一眼，立刻停下了脚步。

柜台里面坐着一个肤色白皙的胖女人，年龄看不太出来，也许五十岁上下吧。她身上的白色长袖衫不知是特别定制的，还是海外的大尺码，总之这一带应该是没有卖的。她系着米白色的围裙，因肥胖而紧绷的雪白皮肤上没有一条皱纹，有点像迪士尼动画里的"大白"。

图书管理员沉默地低着头，好像在专心地干某种精细活。到底在干吗呢？我好奇地凑上去，只见她在一块海绵垫子上，用针戳着一个圆圆的毛球。

我知道这个：羊毛毡。*Mila* 做过它的专题，虽然不是我负责的。所谓羊毛毡，就是用针将棉花般柔软的羊毛戳出形状。

换言之，这是一项手工活。她可能是在做小玩偶什么的吧。这个庞大的身躯，居然在做那么精巧的小东西，实在富有戏剧性。好奇心吸引着我一直盯着她的双手。

她手边有一个暗橘黄色的盒子，是老字号点心吴宫堂的蜂蜜圆饼包装盒。半球形的软曲奇里包着的蜂蜜入口爆汁，据说很好吃，是老少咸宜的人气商品，公司曾把它当作给作家的伴手礼，这位图书管理员大概也喜欢吧。想到这里，我们的距离仿佛一下子拉近了许多。

"啪嗒"一下，图书管理员停下手里的动作，死死地望着我。我缩了缩身子。

"啊，不好意……"

虽然没什么好抱歉的，但我还是缩头缩脑地向后退去。这时，图书管理员开口了：

"你要找什么？"

仿佛有个软绵绵的东西，裹住了我的身体。

她的声音很神奇。平淡的低音，既不热情，也不明亮。可听在人耳中，却不觉让人感到亲切，愿意交出自己的身心。

被她这样一问，我觉得自己要找的东西很多。找我今后的人生之路？找一种办法，解决这恼人的现状？找育儿急需的耐心？这些东西，到底在哪儿呢？

不过，这里不是心理咨询室。于是，我简单地回答："找绘本。"

图书管理员胸前的名牌上写着"小町小百合"，多可爱的名字啊。图书管理员小町女士打开蜂蜜圆饼的盒盖，将针收好。她似乎是将空的点心盒子当针线盒了。

小町淡淡地说：

"绘本。那可多了去了。"

"有没有适合两岁的女孩子看的？我女儿很喜欢《光脚的格勒布》。"

小町晃着身子喃喃道：

"哦，那本很有名。"

"明眼人一看就知道呢，我是搞不懂孩子们吃哪一套。"

小町听了我的碎碎念，轻轻歪头。她的丸子头束得紧紧的，头上插着一根白花装饰的发簪。看来她喜欢白色。

"嗯，养孩子嘛，如果不付诸实践，净是搞不懂的事。跟想象不同的地方太多了。"

"对对对，就是这样。"

我不住地点头。终于有一个理解我的人了，于是我忍不住将自己的真实想法透露给她：

"这就好比，你觉得小熊维尼挺可爱的，可实际跟一头熊生活，才会发现完全不是一回事。"

"哇哈哈哈哈！"

小町爆发出一串爽朗的笑声，吓了我一跳。没想到她会笑得这么大声，其实我并没有开玩笑的意思。

不过，我也就此放下心来。看来这些事也是可以和她聊的，这样一来，抱怨的话便脱口而出。

"……孩子出生之后，我到处碰壁，想干的事干不了，很是着急上火。我觉得不应该这样，我的确把女儿看得很重，但养孩子比我想象中难得多。"

小町收起笑容，恢复了淡淡的语气。

"没有哪个孩子生下来就是乖宝宝嘛，生孩子是个大工程吧？"

"嗯。当时我想，世上的妈妈们都好伟大啊。"

"是呀。"

小町微微点头，转过脸来直视着我，仿佛要望穿我的双眼。

"不过呢，我觉得，母亲固然辛苦，但我也是忍受了很大的痛苦，使出浑身解数才来到这个世界上的吧。在母亲的肚子里度过了十个月零十天，没人指点，自己化为人形，然后降生到这个与肚子里的环境截然不同的世界。第一次接触这个世界的空气时，我一定吓坏了吧——这里怎么这样啊！不过这些事，过了也就忘了。所以每当感到喜悦或幸福时，我都深深地觉得，自己拼命来到这个世上，是有意义的。"

小町的话触动了我，我一时间没有说话。她转身对着电脑：

"你也一样啊。也许出生是人这辈子做的最大的努力，之后的一切，一定都不像出生时那么痛苦。那么艰难的时刻我们都熬过去了，今后也不会再有什么过不去的事。"

说完，小町轻快地调整坐姿，双手放在键盘上，然后"啪啪啪"地，以惊人的速度敲击着键盘。手指好像成了机器似的。紧接着，打印机"咔嗒咔嗒"地启动了。

打印好的 B5 纸上是一份列着书名、作者名和书架编号的表格。我接过那页文字，仔细阅读。

《砰砰先生》《欢迎回来嗵嗵》《什么，么什》，这三本一看就是绘本。但接下来那本吸引了我的目光。

《月之女童》，作者是石井由香里。

我知道石井由香里，她每天都在社交网络上更新星座运势。在 Mila 的时候，有朋友关注了她的公众号。我不太看星座运势，并不会次次查看月运，但不少女孩子喜欢这类东西，所以我也曾考虑过做一期占卜小屋专题。

我还以为《月之女童》是石井由香里出的绘本，但这本书的分类号和书架编号与其他几本不同。我问：

"这是占卜类的书吗？"

小町没有回答我的问话，而是微微弯下身子，打开柜台下面的抽屉，从第三个抽屉里拿出一个东西给我。

"来，这是给你的。"

那是一只圆滚滚的羊毛毡。蓝色的球体上有绿色和黄色的斑驳花纹。

……地球？

"好可爱呀。是您做的吗？我女儿一定很喜欢。"

"那是给你的赠品。"

"欸？"

"是随书赠品啦。《月之女童》的。"

我不太明白她的意思。小町见我困惑不已，伸手取过针线：

"羊毛毡的好处，是做的时候随时可以按自己的喜好修改。即使已经戳出了一部分，做到一半想改成另外的样子，也很好改。"

"欸，也就是说，后来的想法和之前不同也没有关系吧。"

小町不再说话，默默地低下头，拿起刚才的毛球戳了起来。看样子她是不想和我说话了。

这一番动作，仿佛向我宣告她的工作已经结束了。我不好再跟她搭话，便将地球放进母婴包内兜，朝亲子空间走去。

望美正在给双叶读绘本。我决定多麻烦她一会儿，便去大众类图书的书架前找《月之女童》。

这本书的封面印着一轮朦胧的白色月影，整体的色调很蓝很蓝。

不仅封面和封底透着蓝，天头、地脚、切口……也就是说，所有纸张的截面都刷成了蓝色。不暗沉,但也不奢华,是那种深沉而遥远的蓝。翻开封面后,是墨一般漆黑的环衬。继续往后翻,是围在一圈深蓝中的奶油色书纸。目光在文字间穿行时,有一种在夜色中阅读的感受。

我翻开新的一页,被"母"这个汉字标题吸引,径自读了下去。

星座占卜的世界中,月亮有"母亲、妻子、孩提时的往事、感情、肉体、变化"等含义。

月亮代表母亲或妻子?

惯常的说法不是"妈妈是一家的太阳"吗?所以大家才认为,妈妈应该永远明媚地笑着。我意外地翻回前面的部分,读到了有意思的内容。

作者从女性怀孕后肚子变大,月经周期和月亮圆缺的周期一致等方面,得出母亲的身体和月亮重叠的结论。又以月亮女神阿尔忒弥斯和圣母玛利亚为例,考证月亮既象征处女性,又象征母性。

写得挺有意思,并且文风优美简洁,很容易让人记住。与其说这是一本占卜书,不如说是一本能让人感受到月亮近在咫尺的杂谈。我看了看勒口上石井由香里的简介,简介对她的描述不是"占卜师",而是"写作者",这一点深得我心。我决定借回家,好好读一读。

我走进亲子空间,开始对照表格找绘本。然后在望美那里办了借阅卡,加上小町选的三本书和双叶抱着不撒手的《光脚的格勒布》,一共借了五本。

"双双拿！"

双叶光着脚穿上鞋，抱起格勒布的绘本。一个被蜈蚣和蟑螂拯救的周末。我对这本书的作者和出版社感激不尽。

可我忘了，在家很难集中精力读书，这也是带了孩子才知道的事情之一。今天是星期一，一周的起始。好不容易借回来的《月之女童》，到现在为止，我只在通勤的电车上读过几页。

在 *Mila* 的时候，坐在办公桌前看书也没有任何问题。即使不是工作相关的书，也可能成为灵感的补充。

但来到资料部以后，我就尽量不在公司看和工作无关的书了。因为如果这样做，大家肯定会认为我在偷懒。

像往常一样坐在桌前，审阅堆积如山的文件时，门口有人叫我。

我吃惊地抬起头，是木泽。单身的她和我年龄相仿，是 *Mila* 编辑部的员工，在我快休产假时，她从其他公司跳槽过来。我们还没怎么接触，我就被调了部门，所以我们并不相熟。也许和我们共事的时间不长有关，我觉得她的性格有点爽快得过了头，总之，我对她没什么好感。

产假期间，木泽成了 *Mila* 的副主编。传闻她在之前供职的杂志社以出类拔萃闻名，是被社长挖过来的。美津江老师的作品现在也由她接管，这或许也是我对她敬而远之的理由之一。

木泽递给我一张纸。

"想请你帮我订一下这个。"

"啊，好的。"

我接过木泽的单子，那是一份皮包的品牌目录。她没进资料部，而是在门口叫我，肯定是觉得部门的那些大叔在这方面没有研究。难不成，她还特意想让我见识一下她在 Mila 的工作状态吗？

"这周能订到吗？"

她的声音冷淡，眼睛下面挂着黑眼圈，穿一件宽松的针织衫配牛仔裤，一头乱发用发夹束着。

按日期来算，今天差不多是新刊交片的时间了。看她这身衣服，应该是做好了在公司熬夜的准备。

晦暗的痛楚涌上心头。曾经的我也和她一样。

"应该没问题。"

说完，我有意冲淡自己澎湃的心绪，直爽地笑着问了一句："今天交片吗？"木泽碰了碰自己的头发：

"嗯，对。"

"真好啊。编辑的工作，很有成就感吧。"

我本想闲谈几句的，却看到木泽的目光躲闪了一下。她若无其事地回答：

"不过，老是待在公司，几乎回不了家似的。有时候连末班车都赶不上，只好自己掏腰包打车回去。我也想定点下班一次啊。"

"我也想"？我的心一揪。

"哎，但我就是回到家，也没有人陪，可寂寞啦。"她自嘲地说。

我无言以对，只是拼命挤出笑容。

她这语气，简直像在羡慕我似的。是我自己情绪起伏太大，才会这样觉得的吧？面对憔悴的木泽，我却嫉妒得快要吐出来了。

我好想对木泽说：要是这么想早点回家，你干脆辞职算了。来这里工作，难道不是你自己的选择吗？

但这些话，无疑也适用于我自己。没错，这是我自己的选择。我选择了生育，并将孩子养大。

是我不该要这个孩子吗？想同时照料好工作和家庭，是我想要的太多了吗？我不可以倾诉不满的情绪吗？

木泽见我干站着不说话，主动挑起了话头。

"啊，对了。彼方老师后天有一个座谈活动。"

我的心一下子放松下来。美津江老师要办活动了？

"活动和公司无关，所以我们不用出人。但主编说，我们还是应该去捧个场。我手头事情太多，崎谷你能去吗？"

"……我要去！"

木泽看着两眼发光的我，耸了耸肩。

"那我把具体的东西发邮件给你，这件事就拜托啦。我会跟资料部部长和主编说一声的，方便你去。"

说到最后，她已经转过身，在走廊上迈开了步子。

木泽怎么看我并不重要，她愿意跟我打个招呼，我就已经很感谢了——我还能以前负责人的身份见到美津江老师，还能做些和编辑沾边的工作。

第二天午休时，我去书店买了美津江老师的新书。今天是新书的首发日，座谈活动多半也是为了宣传准备的吧。

活动定于明天上午十一点在市内的酒店举办。

我联系了美津江老师，她主动提出活动结束后一起喝杯茶。

我很高兴，真的很高兴。

下班的电车上，我急匆匆地读着那本新书，却只读了不到一半。今天无论如何也要早点哄双叶睡着。

回家路上，双叶一直在唱保育园老师教的儿歌。她好像很喜欢那首歌，到家后又自己编了调子，唱个没完。

洗完澡，我带着她躺好，盖上被子，自己也躺在她旁边。我将卧室的电灯调得很暗，在双叶胸口轻轻拍着。

"快点睡觉觉吧。"

双叶还在折腾，丝毫没有要睡的样子，甚至故意超大声地唱歌。我忍不住喊了起来："闭上眼睛！"

"不嘛——双双要唱歌！"

适得其反。双叶兴奋过了头，双手叉腰，站在被褥上。

修二什么时候才能回来呢？如果明确一个具体的时间，我至少也知道等到什么时候就有人能来搭把手，就会轻松许多。但他偏不明说。

我灰心地将灯光调亮一挡，躺在双叶身边，翻开美津江老师的书。

双叶唱了一会儿歌，没多久又打开放在枕边的绘本。是在学我吧。她看着画，口中振振有词，应该是想让我讲故事给她听吧——我明知如此，却仍然继续读小说，不理会她。现在是争分夺秒的时候。

美津江老师的小说果然很有意思。这本书的责任编辑和她是怎么碰的选题呢？这个故事是怎样一点点成形的呢？

啊，我也想试试看。我徒劳地动了心。

接下来，我又听着双叶的声音读了会儿小说，不知什么时候睡了过去。

似乎是看着看着不小心睡着了。天就这样亮了，小说依旧没读完，我连修二是什么时候回来的也不知道。

📖

早上，双叶醒来后便一个劲地打喷嚏，还流了鼻涕。

我急忙把手放到她额头上。温度不是很高。我在心里默默祈祷着抱起她，把体温计夹在她腋下。

"咦？双叶怎么啦？"

房间里传来修二悠闲的声音。尽管开着空调就睡着是我的不对，可修二躺下的时候也没设好定时关机，我有些生他的气。

体温计响了，三十六度九。我心头掠过几丝不安，又觉得也许不会有事。

拜托了，千万别生病。只要今天一天就好。

我怯生生地向修二开口。

"那个……"

"嗯？"

"虽然应该没事，但假如——只是假如啊……要是保育园叫家长来接双叶，你能不能去接她？"

"啊——不能吧，今天我得去幕张那边。"

"……是啊。"

问了也是白问。我收拾好东西，把双叶送到保育园。

去保育园的电车上，我急匆匆地继续读着美津江老师的书。我真想在一个安静的地方坐下来慢慢品读，沉浸在美津江老师的故事世界里。但这是不可能的。

多亏木泽提前帮忙打点，公司允许我十点外出。我去了趟厕所，刚要出公司，手机就响了。看到"笔头菜保育园"几个字，我眼前一黑。

一定是双叶发烧了。

要不然，不接了吧。假装没看见？不过，父母在这种时候不可能不管。心中有两个我在交战。

我一咬牙，将电话调成无人接听。

我将手机举到耳边，等着听提示音后面的留言，是班主任麻友的声音。

"双叶发烧了，请您来接她。"

如果——

如果我假装自己没听见。

保育园可能会联系公司，然后资料部的某个人就会给我打电话。如果我不接，假装把手机忘在家里——

假如不和老师喝茶，对谈活动结束后立刻联系保育园去接孩子的话，大概下午两点能赶到。仅此而已，不会有人说我什么吧？毕竟双叶安全地待在保育园。

我这样想着，眼前又浮现出双叶哭花的脸。

昨天晚上，她可能踹了被子，可能吹空调冻到了，现在可能发着高烧很难受。我没早早将她哄睡，自己不小心睡着，这是我的责任。她昨天翻开绘本和我说话，我却不理她。想到这儿，罪恶感又将我包围：我这个当妈的，怎么这么过分呢？

如果我没去对谈活动，木泽和 *Mila* 的主编一定认为我果然指望不上。可这次活动就算不去，工作上也不会因此有什么重大的过失，只不过是我想去而已。

我紧紧闭上眼。

然后深吸了一口气,给保育园打回电话。

来到保育园,双叶一看到我就笑着摇摇晃晃地跑了过来。

……什么嘛,这不是挺精神的吗?电话里可是说她烧到三十七度八,烧得迷迷糊糊的。

麻友老师走出来。她是新来的老师,看样子不过二十岁出头。

"我刚才觉得双叶没什么精神,但她好像只是困了,现在温度也降到了三十七度一。"

我松了口气,不甘的情绪也同时涌到了嗓子眼。早知道这样,我就不来接她了,今天明明是个特别的日子。想着这些,我竟不知不觉地流了眼泪。

"哎呀呀,孩子妈妈,害您担心了吧。"

我对着满面笑容的麻友嘟囔道:

"……为什么全是女的?"

我的声音低沉得出乎意料。麻友老师怔住了,也许她不明白我话里的意思。

包括我在内,来接孩子的基本都是母亲。而对这样的事,大家已经习以为常。难道说,工作受影响更大的一方,永远都是"生孩子的一方"吗?

麻友老师战战兢兢地说:

"嗯……那个,园里有规定,孩子发烧超过三十七度五就要联系家长……要是烧到痉挛就糟了……"

我恍然回过神来。我刚才的话听起来大概很像对老师的责备吧。

"啊,没什么。不好意思,谢谢您。"

我抱起双叶,打卡后离开了保育园。

回到家,我给双叶量了体温,三十六度五。晚饭后给她吃了她最爱的苹果酸奶,双叶心情很好,将抹布摆在桌上玩。为了让她早睡,八点一过,我就给她换上了睡衣。

"今天要早睡啊。"

"不嘛——"

"要是再发烧就不好啦。来,我们把小兔子收起来。"

"不要收嘛——"

不嘛不嘛,不嘛不嘛。

"妈妈还不愿意呢。"

我叹了口气,将抓着兔子玩具不放的双叶抱到床上。

我们和兔子玩具在床上躺成"川"字形。双叶撒欢似的尖叫,开始和兔子玩具说话。

……好想参加美津江老师的对谈活动啊。活动结束后一起喝杯茶,和她久违地聊聊天。

在去保育园的路上,我先给 Mila 编辑部打了电话,告诉木泽我去不了了。"没关系的,多多保重。"木泽只说了这么一句。她心里想什么,我不得而知。

在电车上,我给美津江老师发邮件道歉,很快收到了她的回信:"这是养孩子常有的事,你不用放在心上,我们改天再见。"

养孩子常有的事——对母亲来说,孩子总在特别的日子里发烧。美津江老师有两个孩子,想必也尝过同样的滋味吧。

好想和美津江老师聊天啊。可如今的我已经不是编辑了,哪里还能厚着脸皮,随随便便地约她一起喝茶呢?

想来,可以见到想见的人,是工作的巨大魅力之一。可以单独地面对面交流,碰触对方的内心。

不知为什么,今天的我极为疲倦。在 *Mila* 的时候,无论工作多忙,即使在外面东奔西走,我也精神头十足。如今,我的身体和精神却像黏土似的,僵硬而沉重。

我躺在床上思索着,眼泪又扑簌簌地流了下来。

然后不知什么时候,我和双叶一起睡着了。

睡醒的时候,是夜里十一点半。

本来想将双叶早点哄睡,然后多干一些自己的事情的,结果就这样又睡着了——我对自己失望透顶。

摸了摸熟睡的双叶的额头,不但不热,还凉丝丝的。我又在她的鬓角摩挲了一阵,然后站了起来。

修二还没回家,屋里乱作一团,流理台上堆着要洗的碗碟。傍晚收进屋里的衣服扔在沙发上,里面还套着衣架。

我深吸一口气,决定先从叠衣服开始。

门口传来钥匙开门的声音,是修二。

"我回来了——"

"好晚啊。"

"啊,今天挺忙的。"

话虽如此,可他看上去并没有很憔悴。修二从我旁边走过,一股酒气扑面而来。

"你喝酒了?"

"欸?啊,嗯,喝了点。"

"那不用吃饭了吧?"

听到我夹杂责备的声音,修二扭歪了脸。

"只喝了一杯而已,你也有想喝一杯的时候吧?"

"……有啊,当然有,只不过我没法喝。"

一旦开了腔,就收不住了。我较起真来,话一句接一句地往外蹦。

"去保育园接送孩子的是我,无论你吃不吃都得做晚饭的也是我。今天我也有事要外出,却因为屁大点事,被保育园叫去了。我永远在挤时间,永远着急忙慌,自己的事全都往后放了。我没法干的事可太多了!"

"你这是干吗啊?我又不是出去寻欢作乐。"

"你不是去喝酒了吗?连声招呼也不打就去了!"

我忍不住将刚叠好的毛巾朝着他扔过去。我没扔手边的马克杯,是怕摔坏了杯子。在这怒发冲冠的时刻,我心里的算盘仍然打得飞快。

"孩子是我们俩的吧?怀孕的时候,我们不是说好了,要齐心协力吗?你也多出点力啊,多接接孩子,多干点家务!"

"那我就不用发展事业了吗?把开会和出差扔到一边去接孩子,早下班做晚饭?根本不可能啊。按照家里现在的情况,能灵活安排时间的不就是夏美你吗?公司都帮你安排好了,五点一到就能下班!"

我不再说话,心里很不甘愿。我也不想弄得修二在公司不好做人。

可这样太不公平了。我放弃了自己的发展,修二却能自由地集中精力面对工作,这不公平。

到头来,难道这个家的一切都要我来承担吗?

就因为我是母亲?

"……只有我一个人吃亏啊。"

修二听我的声音里带了哭腔,脸上露出明显的厌恶,他刚要说些什么,忽然瞪大了眼睛。

双叶站在客厅门口。可能是我们声音太大,把她吵醒了。

双叶有些焦急地说:

"双双,来收拾。"

她开始将布娃娃搬进玩具箱里。看着她快要哭出来的小模样,我的心揪了起来。

尽管听不懂我和修二在说什么,双叶大概知道我们在为了她争吵。她也许认为,如果自己乖乖的,我们就会和好。

我不由得从身后紧紧抱住了她——对不起,对不起啊,双叶。

我居然觉得自己吃了亏。

这明明是我的宝贝孩子,是我期盼已久的孩子。我现在却觉得自己的人生因为双叶变得混乱不堪……

第二天上午,前台打来内线电话。美津江老师来了。

下楼来到大厅，身穿和服的美津江老师对我和蔼地笑着。

我立刻反应过来，老师没有直接给我的手机打电话，而是让公司用内线电话找我，是为了方便我从办公室出来。

我好想见她。看到美津江老师就在眼前，我一下子放松下来，不禁流下了眼泪。

老师并不吃惊。她轻轻把手放在我的肩膀上，说悄悄话似的凑到我耳边：

"午休几点开始？方便的话，我们一起吃吧。"

她笑着说自己挑了公司附近的一家法式简餐，中午在那里订了位置等我。

美津江老师这次来万有社是为了和木泽谈工作。

《粉色的悬铃木》即将改编成电影。这原本是我和老师一起创作的故事，如今却由木泽负责，想到这里，我的喉头泛起一抹苦涩。

老师边用勺子舀蛋包饭边说：

"崎谷小姐，我跟你说，那个连载，我当时写得有点痛苦。"

"欸？"

"可不是嘛，面对多愁善感的女孩子们，我可紧张啦。要么怕自己不小心写得太粗糙，要么怕自己的想法过时了，会被读者取笑。"

美津江老师吃下一口蛋包饭，开心地继续道：

"不过啊，那么一丁点痛苦，却让我收获了十足的开心。因为我发现，原来自己有那么多东西，想告诉年轻的女孩子。连载过程中，故事里的两个女孩一直在我心里聊天呢。她们总是在一起。她们俩和读这部小说的读者，都像我的宝贝女儿一样。我久违地有了养孩子的感觉。"

我一时无言以对，美津江老师笑呵呵地眯起眼：

"崎谷小姐，这一切都多亏了你的帮助。你和我一起见证了两位主人公的诞生，并将她们抚养长大。对我和那部小说而言，你既是产婆，又是护理师，既是爸爸，又是妈妈。"

泪水控制不住地溢出眼眶，我双手捂着脸：

"我还以为，自己没有机会再和您这样见面聊天了呢。因为，我已经……"

我已经不是编辑了。

此前拼命压抑的情绪，像决了堤的洪水般倾泻而出。

"我嫉妒在 *Mila* 干劲十足的木泽，还觉得有小孩以后整个人生变得一团糟。我讨厌这样的自己……"

美津江老师放下勺子，沉稳地说：

"哦，崎谷小姐也在坐旋转木马啊。"

"旋转木马？"

"哈哈哈，"她以手掩口，"常有这样的事。单身的时候觉得结婚的人过得好，结婚之后又觉得有孩子的人过得好。而有了孩子，又会怀念单身的时候。人生就像旋转不停的木马。很有意思吧，每个人都只顾跟在前面那个人的屁股后面，没有领队的，也没有压阵的。也就是说，幸福没有优劣之分，永远是未完成。"

美津江老师兴致勃勃地说到这儿，喝了一口水。

"人生啊，就是永远乱作一团，无论什么时候，都不会如愿以偿。但反过来，偶尔也会有意想不到的惊喜等着你。到头来，很多时候你都会感叹：好险！幸好当时没能如愿！你不必觉得计划被打乱或达不到预期就是倒霉或失败，自我和人生，就是这样渐渐改变的。"

她微笑着，目光似乎望着远方。

结账时，我拼命要从美津江老师手里抢过账单。

这次吃饭不能报销，但钱要由我来付的意识已经刻进了我的骨子里。

美津江老师举起账单。

"行啦，这次就让我请吧。"

"可是……"

"算是给你庆生。你的生日快到了吧？出生在夏天的夏美。"

也许之前我和她提到过自己的生日吧，但我已经不记得了，她居然一直记着。

"……谢谢您，多谢您的款待。"

我低头鞠躬，老师调皮地笑着歪了歪头：

"那你今年几岁啦？"

"就要四十了。"

"真好啊。从今往后，总算能真正按照自己的心愿做事啦。好好享受吧，游乐园大得很呢。"

美津江老师紧紧握住我的手。

"祝你生日快乐，感恩我们的相遇。"

安心感缓缓地填满了我身体的每个角落。

或许我在 *Mila* 得到的，不仅仅是工作上的经验。这远离职场后扑面而来的温暖，也是拜那段经历所赐。

那天晚上，双叶难得早早就睡了。

修二还没回来，我将晚饭包好，坐在客厅的沙发上打开《月之女童》。

读了一会儿，一个有意思的篇名出现在眼前："心中的两只眼睛"。我饶有兴致地将书本拿近了些。

那两只眼睛，是用来看肉眼看不到的东西的。

一只是理性的，从逻辑角度出发的"太阳之眼"。它用明晃晃的光照亮万事万物，帮助人们认识事物。

另一只是用情绪或直觉捕捉、联结事物，并希望与它们对话的"月亮之眼"。譬如暗处的精怪，像恋情一样私密的想象和梦。

书里写到，每个人的心中，都有这样两只眼睛。

这篇文字引起了我的兴趣。我继续阅读，头脑很久没有如此清醒了——神话中太阳与月亮的关系，如何看待占卜和魔术，藏在潜意识中的情绪。美丽的蓝色包裹着我，令我沉浸在书中。

——生活中遇到的大事小情，
都是再怎么努力，
也无法如愿以偿的事。

"如愿以偿"这四个字吓了我一跳，美津江老师今天也说了同样的话。下面还写到了"改变和接纳"。我们常会在书中遇到和现实生活同频的事，这便是读书的奇妙之处。

小町真是厉害，她是怎么想到推荐这本书给我的呢？

对了——我把手伸进母婴包，小町送给我的小礼物还在内兜里。

我将轻巧的羊毛毡托在手心里端详。

那只乒乓球大小的"地球仪"上，其他的陆地都只戳了个大概，唯独日本的形状做得很逼真。如此细致的手工活一定不好做，能做到这个地步，也许是出于爱国之心吧。

我就站在这片土地上。

现在是夜晚。地球旋转，迎来白天……

我用指尖转动着地球仪，心中忽然灵光一闪：

天动说与地动说。古时候，人们认为地球是静止的，旋转的是各个天体。实际上，地球明明也在不停地旋转。

想到这里，我心里有某个东西轻轻炸开。

……原来是这样。

我一直觉得被公司从 *Mila* 编辑部调到资料部的自己成了"牺牲品"，做家务和带孩子也是"不得已而为之"。那也许是因为，我一直以自我为中心，总是从受害者的角度想问题。我总是在想，为什么大家不能为了我多做一些呢？

我盯着那颗蓝色的毛球。地球在缓缓转动，白昼和夜晚不是朝我们而来，而是离我们远去。

现在的我，想做什么？想去哪里？

我注意到了自己内心的变化。和美津江老师聊过之后，更坚定了我的想法。

我想做小说编辑。

我想发挥作者的优势，将故事以最好的形态呈现给读者。

"游乐园大得很呢"——美津江老师的话反复在我耳边响起。

为什么不从旋转木马上下来，去尝试些别的项目呢？总是在一个赛道上领跑不算美德，忠实地追求自己真正想要的东西，不也很好吗？

我拿起手机，开始查出版社的招聘信息。以前搜索求职信息的时候，我一直只看杂志编辑的岗位。因为我觉得，自己只有这一个选择。

现在我的情况确实难以胜任重视速度、需要团队合作的杂志编辑岗位。但如果做图书编辑，也许相对更容易单独行动。假如改换方向，专注于文学作品的编辑，也许路会越走越宽。

搜索了一阵之后，一家名为樱桃社的老牌出版社吸引了我。它擅长纯文学领域，美津江老师也在它家出了几本书。

就像算好了时机似的，它正巧在发布社会招聘启事。提交简历的截止日期竟然就是明天。一切真是太及时了！

我压抑着激动的心情，仔细阅读了报名细则，隐约有了得到某种巨大支持的感觉，似乎一切都会顺利起来了。就好像我今天见到了美津江老师，双叶也很早就睡下了。

第二周的星期六，我独自去了交流之家的借阅室。今天是还书的日子，修二在家里带双叶。

我在前台将书还给望美，然后将目光投向咨询台。望美注意到了我的眼神。

"姬野老师出去休息一会儿，马上就回来啦。"

"姬野老师？"

"啊，"望美捂住嘴，"小町女士是我上小学时候的健康老师，后来她结了婚，改了姓，但我还是习惯按以前的叫法，叫她姬野老师。"

原来那个小町曾经在小学的医务室上过班啊。我觉得自己好像在看电视剧似的。

这时，小町回来了。她摇晃着巨大的身躯，向我投来一瞥，然后面无表情地从我旁边走了过去。

等小町在柜台前坐下，我才走过去。

"前几日多谢您的关照，《月之女童》是一本很好的书。"

小町不动声色，只简短地"嗯"了一声。

"不过，有的地方我读得很潦草，所以决定买一本。我想留下这本书。"

听了我的话，小町稍微向后仰了仰身子。

"好开心啊，你还想将这本书放在身边。这样一来，我不只推荐了书给你读，还成了联结你和书的桥梁。"

"嗯，托这本书的福，我打算做出改变。"

小町莞尔一笑。

"每本书都是一样，比起书本身的力量，更重要的是读者采取怎样的方式去阅读，这才是最有价值的地方。"

她的话中带着善意，我听得开心，向前探着身子说：

"小町小姐，您以前是医务室的老师吧，后来换了工作啊。"

"嗯，其实最开始是图书管理员，后来重新进了学校，做了医务室老师，然后又回来做图书管理员。"

"为什么换了一次工作之后，还要再换一次？"

空气中传来"咔嗒"一声，是小町在活动脖子。

"我希望顺势而为，用当下最有效的办法，做自己最想做的事，于是换了两次工作。因为客观状况随时随地都在变化，不以个人的意志为转移。比如家庭关系、健康状态、公司倒闭，或者忽然陷入热恋什么的。"

"欸，热恋？"

没想到小町竟然会说出这样的话，我惊讶地立即追问。她轻轻碰了碰头发上的花簪。

"这是我这辈子最意外的事了，竟会有爱我的人出现，这完全超乎我的想象。"

想必就是她的丈夫了。真想听她讲讲这段佳话，但我实在问不出口。

"……换工作后，您感觉怎么样？有没有因为工作的变化而不安？"

"有些事我不想改变，结果却变了；也有些事我想改变，却和之前一样。"

小町说着，拉过柜台一角的蜂蜜圆饼盒子。见她拿出针，我忽然明白：咨询结束了。果然，小町面无表情地戳起羊毛毡来。

从交流之家回来，修二开车带全家人去了伊甸园。那是一个综合商超，从食材到日用品样样俱全。我想买米、瓶装饮料等重的东西，再给双叶买些贴身衣物和 T 恤。

"我想去 ZAZ 看看。"

修二说他和双叶在儿童区等我。周末有修二帮忙，我果然轻松不少。

ZAZ 是一家连锁眼镜店。日常生活中，我不戴眼镜也没什么问题，但偶尔会戴日抛的隐形眼镜。半年前囤的货已经快用完了。

"不好意思——"一进店门，就有人叫住了我。回头看到那位男店员时，我瞪圆了眼睛。

"……桐山君!"

对方也惊讶地提高了声音。

"这不是崎谷吗?欸,你住在这附近啊?"

在 Mila 编辑部的时候,我经常和一家编辑公司合作,桐山君当时是那里的编辑。

"真没想到,我们竟然会在这种地方遇上。"

"我不干编辑了,上个月开始在这里上班。"

桐山君以前瘦得让人担心,现在多少胖了些,脸色也比从前好了。看到他健康的笑容,我放心不少。

其实,我一直觉得那家编辑公司很能胡来,动不动就一天拍好几十份的街拍,或者做三十期拉面店的采访。因为他们什么活都接,所以我也总是痛快地把工作委托出去,但不难想象,他们的员工一定工作量惊人。

"看起来,你最近挺好的嘛。宝宝平安出世了吧。"

"嗯……其实,我也正想换工作呢。"

偶遇同路人的亲切感,让我不禁吐露了心声。

"以后我不想做杂志了,打算做文学。我给樱桃社的文学编辑部交了简历,正等着他们审核,差不多该有消息了,心里挺忐忑的。"

"啊,崎谷之前做的彼方美津江老师的书很畅销呢。《粉悬》,我这样的男读者也觉得很有意思。"

他的话让我一下子有了勇气。桐山君接过我的号码牌,去了一趟里面的房间。

"不好意思,隐形眼镜您着急要吗?"他顿了顿,有些抱歉地说,"这个牌子的正好断货了。我马上帮您联系,请他们带过来。"

他已经熟练掌握了店员的话术。刚做服务业一个月，就如此娴熟了，看来这一行很适合他。

离开之前，桐山君对我说：

"希望你能去樱桃社。我觉得，能想好要做什么，就已经很了不起啦。"

"谢谢你。"

桐山君在编辑公司的时候，我就觉得这孩子不错，不过，"爽朗的眼镜店店员桐山"似乎更有魅力。

一切都会变化。我在变，其他人也在变，这样就很好。

我的心已经飞到了樱桃社。今后我要在那里做出一本又一本的好书。

可是，我却收到了一封冷冰冰的落选邮件。

我的心态崩了。原以为自己至少能过简历审核这关，结果在这一步就被刷下去了，我竟然都没有面试的机会。

这家出版社也出过美津江老师的书，我还以为自己会有些优势的。

……果然还是不行。

一把年纪，孩子又小，就算有做文学书的经验，就算做过畅销书，也就一本而已，让人以为是运气好也不足为奇。社会招聘重视的是直接上手的能力，像樱桃社这样的大公司，想要的大概是远比我有成绩的优秀人才吧。

这些情况，只稍微动动脑子就会明白。

屋漏偏逢连夜雨，正当骨感的现实给我沉重一击的时候，木泽又升职成为 *Mila* 的主编。

消息在早会上宣布，木泽在大家面前讲话时，还是往常那副生硬粗鲁的样子，向前努着下巴。

但我看到了，在大家的掌声中，她有一瞬间露出了宛如少女般羞涩的笑容，眼角闪着湿润的光。

看到这一幕，印在我心上的嫉妒脱落了。看来木泽也做出了许许多多的努力，才奋斗到了这一步。她不认为这次升职是理所应当，心里还是很高兴的。

她一定也经历了许多艰辛和不甘，而我那时明知必然如此，还轻描淡写地和她说"真好啊"。我在心中暗自反省。

旋转木马停下来了。

如今的我，必须去另一边了。

我是我，她是她，我们欣赏各自的风景便好。

木泽看到我拍手时尤其用力，微微抿了抿嘴。

两天后，我的生日到了。

修二调开了工作，特意在这一天提前下班。我们和双叶一起，在家庭餐厅吃晚餐。

听说我向樱桃社递了简历，又被冷淡地拒之门外，修二很是吃惊。他没想到我真的动了念头，打算离开任职了多年的万有社，也没想到我的求职会如此艰难。

原来修二一直以来都不太理解我的心情和状态。意识到这一点，我有些无语，但这也许也怪我没好好与他沟通，总是愤愤不平地向他发牢骚。他安慰并鼓励了我许多，不如说，我比他更吃惊。

聊着聊着，修二决定从下周开始接过我的担子，每天早上送双叶上保育园。他说接双叶回家有些困难，但可以试试去送她。保育园每个星期一要换被单一事，他也认真地听着，边听边做了笔记。

"光是和我说需要帮忙，让我多做一些，这种情绪性的话我听了也不得要领。如果你能跟我说得更详细、更有条理，能主动和我沟通就再好不过了。"

原来如此，这也是"太阳之眼"吧，我总算理解了。"太阳之眼"要和"月亮之眼"取得平衡，一切才能顺利。

我觉得自己是幸福的。我想要的很多，但也知道修二在以他的方式，为了这个家努力付出。

而被我们护在中间的双叶，脸上的表情一天天丰富起来。

"生日快乐——！"她向我祝寿的语气高高低低，那模样可爱得不得了。

我们这个家，也一天天地牢固起来，三个人拧成了一股绳。

珍惜此时此刻的时光吧。顺势而为。借用小町的话，我应聘樱桃社的职位落选，或许意味着不再做编辑就是此时的"势"。

想到这里，我心里一抽一抽地疼。我咽下一大口饭后的茶水，将疼痛压了下去。

我重新接了一杯自助的香草茶，刚坐下来，放在桌上的手机就振动了。是090开头的陌生号码打来的。

我对修二使了个眼色，起身去店外接了电话。

"我是ZAZ的桐山。"

"是你啊。"

他熟悉的声音让我感到安心,夏日的晚风让人心情舒畅。

"您订的隐形眼镜到了,让您久等了。"

"我尽快去取。谢谢你。"

"这只是表面的借口。"

"欸?"

电话那头似乎很吵,他好像不是从店里打来的。而且,我这边显示的是手机号码。

桐山做了一个深呼吸,然后问:

"樱桃社有结果了吗?"

"……没成。"

"是吗?太好了。"

"太好了?"

我不由得反问。他苦笑道:"啊,对不起,我不是那个意思。"

"我大学的一位学姐,在麦普尔书房的文学编辑部工作。"

麦普尔书房,那是一家以绘本和童书闻名的出版社。《光脚的杰乐普》也是它出的。

"下个月,她老公要去海外任职,她也要跟着一起走,所以递交了辞呈。他们打算通过社会招聘,找一个人补学姐的空位。但在那之前,如果有合适的人选他们也接受推荐。于是我想到了崎谷小姐。"

我的心重重地跳了一下,连话都说不出,只是紧抓着听筒。桐山君继续说着:

"我觉得麦普尔书房很适合您呢。虽然樱桃社是专注纯文学领域的老牌出版社,但麦普尔书房的做书方向相对灵活,今后会有新鲜血液持续不断地注入,这是它的优势。如果您觉得可以,我就告诉学姐,安排您和主编见面聊聊。"

"但我今年四十了,还有个两岁的小孩……"

"嗯,这个我也考虑到了。您有小孩,应该更适合出绘本和童书的麦普尔书房。其实,我那位学姐也是一位妈妈。"

我胸口的悸动久久无法平息,与此同时,脑海中也不断掠过自己的劣势。

"可是,我一点做绘本的经验也没有呀。"

"文学编辑部和童书编辑部是分开的。麦普尔书房也出了不少面向成人读者的好小说呢。"

尽管我没能立刻想到这些书的名字,但也许他说得不错。这样的话……这样的话,我也能做大众文学书了吗?

"崎谷小姐,您在 Mila 的时候,除了做时尚类选题,不是还策划了很多贴近女孩内心的选题吗?'明天也要加油啊'——诸如这类让人振奋精神的页面。所以知道《粉悬》是您负责的作品后,我一点也不惊讶,又听说您想做文学编辑,还很高兴呢。"

听到他这么说,我有种被治愈的感觉。原来身边就有关注我、认可我的人。我不再隐瞒自己的喜悦,问道:

"桐山君,你为什么要为我做这些?"

这是一个单纯的疑问。我和他不算朋友,也不曾有恩于他,只不过是曾经共事的工作伙伴。桐山君似乎没有多想,立刻回答:

"您问我为什么……我这应该算是顺水推舟吧。这样一来,世上会多几本有趣的书,这不是挺好的吗?我也想读读看。"

我的目光落在地上,我穿着凉鞋的脚微微发抖。

我告诉桐山君会再主动联系他,挂掉了电话。然后晕晕乎乎地回到餐桌前,一口气喝光了香草茶。

"怎么了吗?"修二问。

我向他说明了事情经过。

"这是件好事呀!"他说。

我知道。不过,我又有些害怕。一切未免太顺利了。我的情绪好容易稳定下来,抱了过大的希望,之后要是不行,一定会伤得很深。

"怎么会有这种好事?这是不是好过头了?对方竟然主动邀请……"

修二听我这么说,严肃地凝视着我。

"并没有吧,这不是天上掉馅饼,而是夏美先有了动作,周围才开始行动的。"

我恍然大悟地抬头,迎上他温柔微笑的目光。

"这是你自己抓住的机会。"

啊,的确如此。

樱桃社没有录用我。但如果我没有给它投简历,多半也不会告诉桐山君自己想做文学编辑的事。我的行动使之前完全不曾预料的事情发生了。这是意料之外的惊喜。

修二拍了拍吃完冰激凌的双叶的头。

"那,双双先和爸爸一起回家吧。"

"欸?"

"夏美想去书店吧?车站前那家应该还开着呢。"

双叶愣愣地望着我们两个。

"哎呀,双双。你妈妈有想要的东西,要是她忍着不要,在心里呜呜地哭可怎么办呀?"

面对修二的提问,双叶轻轻回答:"不嘛。"

跟修二与双叶分开后，我朝车站大楼里的明森书店走去。我要查一查麦普尔书房出的书。绘本、童话、童书，它果然像桐山君说的那样，出了不少畅销的大众文学书。

之前我没有仔细确认过版权，原来自己很喜欢的小说也有几本在麦普尔书房。这本书是它的，那本也是。原来我已经看过好几本它的书了。

我着迷地浏览书架，取下几本没读过且感兴趣的书，也买一本《光脚的杰乐普》吧。最后还有一本书要找——《月之女童》。

我没找到那本蓝色的书。

不过，我却看到了一本同样名字的书：《新版月之女童》。

封面是一张撑了满版的月亮插画，大方雅致，底色由深蓝逐渐变成掺了黄色的浅绿。翻开封面，环衬不再是黑夜般的漆黑，而是明亮的加纳利黄。我翻了几页，文字内容和之前的差不多。

推陈出新，这是一本书被读者喜爱、有市场需求的证明。

我心头一热。书就是这样重焕新生的，不知有多少人曾经捧着它，又从书中得到了怎样的领悟。

啊，好想做书啊。

我想做一本让读者对未来多几分期待的书，让人在阅读过程中直面之前不曾发现的自身情绪。虽然从杂志变成了书本，但我的想法依然和在 Mila 编辑部的时候一样。

阅读原先的《月之女童》时，读者宛如飘浮在美丽的夜空之中，而新版内容未做改动，视觉设计却焕然一新，读者仿佛在月光照耀之下读书。

　　偶数页的右上方画着月亮的标记，伴随翻页循环着月相圆缺。这个标记原先放在页面下方，新版挪到了上方。虽然是同一个图案，却有一种上天在冥冥之中给人启示的感觉。

　　　　纵使不想改变，我还是有了变化。
　　　　但无论变化多大，我的初心都不会变。

　　　　所有想让孩子梦见圣诞老人的父母，心中都住着真正的圣诞老人。正是因为这样，很多孩子才会觉得，驾着雪橇而来的圣诞老人真实存在。

在冬天的阳光里读着书，电话响了，我摘下听筒。
　　"您好，这里是麦普尔书房文学编辑部。"
　　那次之后，桐山君很快为我安排与麦普尔书房的主编见面，对方问了我两个问题：
　　"你当时是如何与美津江老师一起打磨作品的？今后想怎么做书？"主编认真聆听了我的慷慨陈词，不住地点头。
　　在 Mila 工作时孕育的灵感与调职后的新思考都为我迈出的下一步提供了帮助。原来走到这里，一切我需要的东西，都是在万有社得到的。

至今为止，所有的经历都是有意义的。对万有社的感谢，对自己努力的肯定，都帮助如今的我脚踏实地地生活。

我请电话那一端的人稍候片刻，按下暂停键。

"今江先生，渡桥先生找您。"

对面工位的老员工今江接起电话。他和负责的作者讲电话的时候，小学一年级的美穗正坐在圆凳上看绘本。

美穗是今江的女儿。最近禽流感很厉害，听说她的年级突然从今天开始停课了。

这时，童书编辑部的主编岸川走来。他看见美穗，弯下腰温柔地问：

"怎么样？这本书有意思吗？"

这是麦普尔书房推出的绘本系列第二弹，讲的是小矮人钻进各种各样的洞中的故事。美穗兴致勃勃地回答：

"嗯，有意思！这只狗狗背上的褐色斑点，好像汉堡包。我很喜欢！"

"欸！这个我还真没想到啊。汉堡包啊！"

从二人身边路过的员工，看见美穗也微笑着走过。

麦普尔书房与读者关系亲近，重视读者的反馈。公司欢迎员工带孩子上班。休着产假的员工抱着婴儿回公司看望同事时，大家都会聚过来，社长也会抱抱孩子。刚来上班的时候，我为此很震惊。

岸川走到我身旁，递给我一份彩印的插画文件。

"崎谷小姐，能不能帮我问问双叶，她更喜欢哪一张图？"

那是正在策划的儿童绘本的草稿。

"好的，很高兴能帮上忙。"

"总是麻烦你,多谢啦。"

以前,我一直觉得孩子只会给工作添麻烦,这里却很包容员工在育儿上的付出,孩子甚至能给工作锦上添花,这让我放心不少,很受鼓舞。

随着环境的改变,原先认为自己不足的地方、用力过猛的地方随时可能变成优势。在这个地球上,人们对同一样东西的看法也会根据国家或季节的不同,出现巨大的差异。

岸川走后,我的目光重新落到书本上。

父母讲给孩子的圣诞老人的故事绝不是假话,而是更为恢宏的真实。

我们心中的"太阳之眼"和"月亮之眼",就是这样相互作用着接纳这个世界的,绝不否定任何一方。

《新版月之女童》的这一页我反复读过多次,几乎能背下来了。

我在这段话下面画了线,不停地诵读,将它牢牢刻在心间。

加入麦普尔书房后,我深有体会。

写小说、读小说的时候,用的是"月亮之眼"。

将小说赋形,在世上出版的时候,用的是"太阳之眼"。

"太阳之眼"和"月亮之眼"缺一不可,它们久久地注视着万事万物,相互协作,谁也不否定谁。

我合上书,轻轻将它立在桌上的书挡上。
接着取出一本小册子,这是我上个月读到的短篇小说。
读完它,我想:终于找到了。无论如何,我都要和这位作家共事。我动用自己的人脉关系,终于拿到了他的邮件地址,准备联系他。
我调整呼吸,对着电脑。
从今往后,我想和你一起推开一扇新的大门——我怀着这样的心情,慢慢写下邮件。

地球在旋转。
我们晒着太阳,望着月亮。

脚踏实地,仰望星空,以不变应万变吧。
为了将更加恢宏的真实,带给翻开书本的人们。

第四章

浩弥

三十岁　啃老族

お探し物は図書室まで
人生借阅室

那群和小学时的我一起玩的家伙，总是教会我许多事情。

有时候，那些家伙不是人类，他们也并非来自地球，而是来自遥远的过去或未来，甚至可以是异度空间。

我有许多伙伴，他们比同班同学和我更亲，并且不会变老。他们永远那么帅，那么有趣，有骨气又温柔。他们拥有不可思议的神力，和恶势力勇敢地作战，还会被校花告白。无论见他们多少次，他们都让我如愿以偿地获得感动。

可是，时间为什么只在我身边流逝呢？如今我已经三十岁了。我的年纪超过了曾经比我大很多的家伙，却一事无成。

"有一种特别大的萝卜呀。"

母亲一边从放在餐桌上的环保袋中拿蔬菜，一边说了好几次。

"好像叫三浦萝卜吧？现在二月份，正是吃萝卜的时候。真的特别大一根。"

马铃薯，胡萝卜，苹果，样样都很大。

"我想买来着，但东西太多了，再买就拿不动了。"

她又掏出一棵白菜。

"要不我再去一趟好了？可是，人家肯定会嘀咕：这人怎么又来了？挺不好意思的。一会儿还要去打零工。"

她这些话像是自言自语，但我也明白，这是说给在沙发上看电视的我听的。

附近的小学好像附设了一栋建筑，名叫交流之家。我上初中时才搬到这栋公寓，所以没去过那儿。

交流之家平时好像会举办学习班和讲座，母亲偶尔也会去那里学学插花。

今天好像是三个月一次的"交流家市集"，据说展销会上有农户直送的蔬菜和水果卖。

"浩弥，你能不能替我去一趟？"

"……嗯。"

我对着电视操纵遥控器，关掉电源。这是一个没有任何安排的星期五下午。电视里都是千篇一律的综艺节目，都是些夸张到不行的桥段，反正我也没怎么看。

"太好啦。"

母亲眯起眼睛。

三十岁还不去上班，每天在家里赋闲，我自己也有罪恶感。姑且踏中母亲故意布下的圈套，去买趟萝卜也不赖。

母亲见我起身，立刻将叠好的环保袋塞到我手里：

"萝卜和芋头，还有香蕉也买一下！"

……怎么又加东西了？

我在牛仔裤里揣上带有花纹的环保袋和钱包，朝大门口走去。

来到小学，正门关着，似乎去交流中心有别的入口。我按照指示牌转了一圈，来到那栋白色的建筑楼下。

推开玻璃门走进去便是前台。里面都是办公室，一位满头白发的大叔坐在桌前。

见我进来，大叔走到窗口的位置："在这里填上姓名和来访目的，还有时间。"狭窄的柜台上有一个活页夹，上面夹着一沓印好的入馆表。我前头还有几个人的名字，包括母亲的，来访目的几乎都是"市集"，我依样画葫芦，写下自己的名字：菅田浩弥。

大厅并不宽敞，展销会是几张桌子拼起来办的。蔬菜、水果、面包，顾客三三两两。我适当选了几样母亲托我买的蔬菜。

两位大婶在角落里起劲地聊着天。其中一位穿着农协的运动衫，另一位头上系着红色的花头巾。那边有块白板上写着"结账"二字，应该是付账的地方了。我抱着萝卜、芋头和香蕉，拿到大婶那边。

我将蔬菜跟水果一股脑放在台子上，拿出钱包，不由得大喊：

"……蒙加！"

两位大婶看着我。

手写了"欢迎光临"的硬纸板旁边，坐着一个五厘米高的小玩偶。

蒙加，藤子不二雄的漫画《21卫门》中出现的角色。圆滚滚的，头顶上好像栗子尖，有个打了圈的发旋。

我刚要伸手拿起它，戴印花头巾的大婶就说："啊，不好意思。这个是不卖的。"

"这是小百合小姐的羊毛毡，是在借阅室借书的时候她送给我的。"

"小百合小姐？"

"做这个的是小町小百合，她在借阅室啦。"

说起藤子不二雄，人们就会想起《哆啦A梦》。他还有很多有名的作品，《21卫门》在其中不算广受瞩目的。《21卫门》是一部描绘未来世界的科幻作品，主人公卫门是继承破旧旅馆的老板的儿子。不过，我觉得这是藤子不二雄最棒的作品。

我对大婶感激不尽，很好奇做出这只玩偶的小町小百合小姐是位怎样的女孩。哪怕不和她说话，只是看看她的模样也好。

我压了压环保袋里的芋头和香蕉，胳膊夹着大到袋子装不下的萝卜，照大婶指的方向，往借阅室走去。

借阅室在走廊尽头，很好找。

我站在门口往里看，眼前的柜台后面有一个梳着马尾辫的女孩，身边有一摞堆得高高的书。她正用机器一本本地扫书上的条码。

这女孩就是小町小百合！

她比我想象中年轻，大概只有十几岁吧。

小个子，黑亮的眼睛炯炯有神，像一只小松鼠。可爱甜美的长相和她的名字很相配，我不由得红了脸。

既然是借阅室,应该不需要费用吧?谁想进去都可以吧?

我闪进半个身子,小百合的目光扫射过来。我一个激灵,停下了脚步。

"您好。"

她对我绽开一个明媚的笑容。"啊,你好。"我慌慌张张地回答了一句,接着往里面走。

这里的空间比区立图书馆还要紧凑,和陈列新书的书店不同,时光仿佛在这里停下了脚步。在书架的环绕下,一种一见如故的感觉涌上心头。

我在里面转了一圈,然后下定决心,和小百合搭话。

"请问……有漫画吗?"

小百合粲然一笑。

"有的,虽然不多。"

我好久没和女孩子说过话了,小百合温柔的回应令我欢喜,我得寸进尺地继续问:

"你喜欢《21卫门》?"

"《21卫门》?"

"藤子不二雄的那个。"

她有些为难地笑了:"我倒是知道《哆啦A梦》……"

没想到她会做出如此平庸的反应,我不禁悲从中来,连忙又问:

"你不是给市集上那个大婶做了一个蒙加吗?"

"哦,"小百合点头,"您说室井女士很宝贝的那个吉祥物呀。那是管理员小町做的。她在里面的咨询台,应该也可以给您推荐漫画的。"

"叮当——"我心里又响起一串铃声。原来,除了她,这里还

第四章 浩弥

有其他员工。前台堆的书太多，阻碍了我的目光。定睛一看，梳马尾辫的女孩脖子上挂着名牌，上面写着"森永望美"。

我满怀期待，向屋里走去。用作留言板的屏风后面好像就是咨询台。

偷偷往屏风后面一看，我吓得心脏都要跳出来了。

我强忍着没有大叫出声，掉头就往回走。

咨询台没有看上去应该叫"小町小百合"的女孩，只有一个表情严肃、膀大腰圆的大婶委身于柜台后面，那里将将容下她的身子。

我回到门口的柜台，对望美说：

"嗯……那边只有一个长得像早乙女玄马变的熊猫的人。"

"……早乙女玄马变的熊猫，是什么？"

"《乱马½》里面那个一沾水就会变成熊猫的……"

不，主要是因为那只熊猫肉大身沉，脸上没个笑模样，相当强势。想到这里，我也懒得再解释下去。

"那边那位，就是小町吗？她平时会做玩偶？"

"对呀，她的手可巧了。"

……是吗？竟然是这样。

我一直觉得做出可爱玩偶的一定是个年轻女孩，所以才那么震惊。如果蒙加是那位"早乙女玄马"做的，那又引起了我新的兴趣。说不定，她和我挺聊得来的。

"你的东西可以先存在这里，进去转转吧。"

望美向我伸出手来。我无法拒绝她的笑容，将环保袋和萝卜递给了她。

然后，我再次走向咨询台。定睛一看，对方胸前的名牌上果然写着"小町小百合"。她专注地做着手头的工作。我凑近了一瞧，她似乎真的在做小玩偶似的东西。她用一根细针不停地戳一只圆乎乎的毛球，下方垫着一块四方形的海绵。那种小玩偶，是这样做的吗？

小町忽地停下来，抬头看我。我们四目相对，我心头一紧。

"你要找什么？"

她说话了！

这当然没什么好大惊小怪的，但毕竟变成熊猫的早乙女玄马不会说话，我暗自松了口气。

我要找什么？听到她深沉的问话，首先浮现在脑海中的内容把我吓了一跳。它们猝不及防地触及了我内心的柔软之处，我不由得潸然泪下。

我要找的……啊，是啊，那才是我要找的……

糟了，我用手心蹭了蹭脸，我怎么哭起来了？

小町的目光落回手头，不动声色地继续戳针：

"高桥留美子很好啊。"

"……啊？"

高桥留美子是《乱马½》的作者。我以为自己说得很小声，没想到她都听见了啊。我说她是早乙女玄马，估计惹她不高兴了。

"《福星小子》和《相聚一刻》也都不错。我最喜欢的是人鱼系列。"

"我也是！和我一样！"

接着，我们聊了一会儿各自喜欢的漫画。楳图一雄的《漂流教室》、浦泽直树的《危险调查员》、山岸凉子的《日出之处的天子》……我们聊到了许多部漫画。

无论我举出哪一部漫画的名字，小町都能立刻做出反应。她一直在做玩偶，从未滔滔不绝地说个没完，却能一语中的，给出可靠的评价，我深感钦佩。

小町打开手边的橘黄色纸盒。那个印着白色小花的六角形盒子家喻户晓，是西点厂商吴宫堂的主打产品蜂蜜圆饼的包装盒。在亲戚们的聚会上，我经常看到这种口感松软的曲奇。奶奶以前好像也对它赞不绝口，说它"入口即化，味道也好"。

我以为她要送我一块蜂蜜圆饼，没想到盒子里装的是手工用具。看来是重新利用了这个空盒子。小町将针插在针包上收好，合上盖子望着我。

"你岁数不大，却知道不少老作品啊。"

"……我叔叔是开漫画咖啡厅的。上小学的时候，我经常去。"

说是漫画咖啡厅，却和如今的那种能看纸质漫画的多功能网咖不一样，是名副其实的"有很多漫画的咖啡厅"。当时类似的店还有许多，店里不设单间，顾客一般会坐下来点些饮料，店里的漫画可以随便读。

小学二年级时，母亲开始出去工作，我放了学就骑二十分钟的自行车，去母亲的弟弟和弟媳开的"漫画咖啡厅北见"。叔叔和婶婶都不收我钱（也许母亲后来会替我付上），他们给我端上果汁，随便我在店里玩。漫画将书架塞得满满的，我沉浸在漫画的海洋里，一直待到母亲到家。

我就是在那里，认识了无数从漫画里走出来的"朋友"。

我照着漫画临摹，渐渐爱上了画画。于是我打算学习插画，高中毕业后开始去设计类院校上课。

但我在求职中碰了壁，终究没能找到自己想做的那种插画工作，却也不知如何选择其他类型的公司。我别无长处，让我画画也许还行，如果画画也不能用来谋生，别的工作就更干不了了，我不可能胜任。

求职不顺，也没有坚持打工，现如今我一直过着啃老的生活。

"漫画家真是很厉害。我也觉得画画很有意思，于是念了专科学校。但后来我才发现，我根本找不到画插画的工作。"

我为自己找的无业理由可以说是过于潦草的自我辩解。小町歪了歪脖子，骨头发出很大的"咔吧"声。

"为什么觉得自己根本找不到那种工作呢？"

"真正能靠画画养活自己的，只有极少数的人吧？不光画画，能把自己的爱好变成工作的人，只怕一百个人里也没有一个吧？"

小町转着脖子，竖起食指：

"我们来算一笔账。"

"啊？"

"假如一百个人里有一个人能把自己的爱好变成工作，也就是百分之一，对吧？"

"嗯。"

"但是，真正干上想干的工作的人，只有他自己。对这个人来说就是一分之一，相当于百分之百。"

"嗯？"

"这件事，有百分之百的可能。"

"……嗯。"

她这种算法，不是骗人的吗？小町仍然板着脸，不像在开玩笑。

"好啦——"

小町倏地端正姿势，面对电脑屏幕。

然后，她突然以迅猛的速度，"嗒嗒嗒"地敲起键盘来。看到她的姿势，我下意识地吐槽了一句："健次郎现世啊！"《北斗神拳》的健次郎有一招北斗百裂拳，是以迅疾的速度击打敌人穴道的神技。小町没理会我，行云流水般打出最后一击，然后递来一张打印好的纸。

"你现在还活着。"

她用低低的嗓音喃喃道。

那一本正经的模样让我有些恐惧。不过我当然知道，这句话是健次郎的经典台词"你已经死了"的戏仿。

纸上只有一行字，记录着书名、作者名和书架编号。

《进化之旅》。

"……欸，这是什么？还有叫这个名字的漫画？"

"我这边没有要推荐给你的漫画。孩提时代读的漫画是一笔巨额财富，没有什么能胜过它。"

小町边说边拉开柜台下面的抽屉，从第四格里窸窸窣窣地掏出一个东西，塞到我手里。那东西软绵绵的，难道是蒙加？

我的期待落空了。小町塞给我的是一个小小的飞机。灰色的机身，白色的机翼，绿色的机尾，还蛮漂亮的。

"给，这是随书赠品。这个很适合你。"

她的声音冷漠无情。我还疑惑着，她却打开那个蜂蜜圆饼的盒子，不声不响地继续做起小玩偶来。和刚才听我说话时的感觉不同，现在的她仿佛是收工后拉下了卷帘门的店家。

无奈，我只得拿着那张纸去找对应的书架。那本书就在离咨询台不远的"自然科学专区"，像图鉴一样，又大又沉。

封皮的底色纯黑，上面印有一张通体银色的鸟的照片。从侧面拍了鸟的上半身。鸟喙看上去很硬，前端很细，打了弯，大眼睛上生着一丛长长的睫毛。看不出这鸟是公是母，但它长着异域美女似的模特脸。就像手冢治虫的《火鸟》似的。

书名是白色的，"进化之旅"这行醒目的大字下面，是副标题"达尔文等人眼中的世界"。

达尔文等人？

我蹲在原地，打开那本书。书的重量实在难以让人站着读下去。

前半部分是漫长的文字页，后面好像都是华丽的摄影作品，鸟类、爬虫类、植物、昆虫……这些彩色的照片构图精巧，每张都像艺术品。书中偶尔会配与照片有关的解说文字或专栏。

小町为什么要将这本书推荐给我？这简直是个谜，不过，这些照片确实很吸引人，色泽鲜艳，又有种奇妙的怪异感，相当打动我。这些生物都是实际存在的，我却仿佛置身于幻想的世界中。

来还书的望美从我旁边经过。

"要不要办一张借阅卡？只要是这个区的居民，都可以借书。"

"啊，不用了……不过……借走又挺重的。今天我还要带萝卜之类的菜回去。"

我磨磨叽叽地说着，小町的声音从身后传来。

"那你就过来读呗？"

我一回头，小町正望着我。

"我把这本书打上借出的标记，给你留着，随时过来看。"

我蹲在地上，凝视着她的脸，一时间说不出话。小町的话又让我想哭了。

无法言说的喜悦和踏实涌上心头——这个地方，愿意接纳我。

"把这本书的每个地方都读到，要花不少时间呢。"

小町说着，咧开嘴笑了。而我几乎是下意识地点了点头。

第二天是星期六，我久违地坐上电车。

今天是我们高中同学聚会的日子。放在以前，这类活动我是绝对不会参加的，唯独这次，我有非去不可的理由。

毕业那天，我们在校园的一角埋下了时间胶囊。在明信片大小的纸上写下了自己喜欢做的事。大家约好，要在三十岁的同学会上打开胶囊。

邀请函上写着："缺席同学会的人，会由干事在同学会结束后将胶囊邮寄给您。"看到这行字，我背后一凉。我当年写完后要是将那张纸装进信封，用糨糊封好也就罢了，可我模糊地记得，自己好像将纸对折了两次，在显眼的地方写下了姓名。

无论如何，我都要亲手拿到它，绝不能让任何人看到。

按照同学会的安排，开启时光胶囊后，傍晚大家一起去餐厅吃饭。我回复了组委会，不参加晚上的聚餐。

对十八岁的任何一个人来说，三十岁的自己毫无疑问都是大人了。我以前总是觉得，许多烦恼到了三十岁，肯定早已解决。

十八岁的我已经知道自己之后要读设计类院校，当时我单纯地为此感到开心：这辈子再也不用学不擅长的数学和体育了，只要画画就好。我沉浸在错觉之中,以为自己今后以插画为生的道路已经铺好了。

"我要成为留名青史的插画家。"

印象中,我当时是这样写的。只要想到当时写的这句话,我的眉心就隐隐发热。

我并非对自己的技术有自信,也没太把时光胶囊当回事。可以说是年轻气盛,也可以说是顺势而为,总之我就是随意一写。但我当时以为,即使无法留名青史,只要置身于画画的环境中,总能找到跟画画沾边的工作。

毕业十二年,我第一次走进母校的大门。

校园一角有一大棵山毛榉,树下已经人头攒动。树根旁边立着一块塑料板,上面写着"第十七届时空胶囊启封",这板子在我眼中有如墓碑。

干事杉村站在一旁,拿着一个大铁锹。他以前是班委,高档的羽绒服里面,套着板板正正的衬衫。

我走过去,几个人抬起头,朝我点头致意或挥手。但仅此而已。大家马上又接着和各自身边那几张面孔继续聊天,说不定根本就没人记得我。

我站在树下静观其变,忽然有人叫我。

"浩弥。"

回过头,我身后有一个矮个子的瘦削男人,是征太郎。我们以前的关系也没有多好,但对我而言,他还算是个聊得来的人。征太郎性格沉稳,一天到晚埋头读书,不爱和人拉帮结派。高中毕业后,我们给对方寄过几次贺年卡,大学毕业后,他在寄来的卡片上写道,他去了水道局工作。

征太郎对我露出友善的笑容。

第四章 浩弥

"你看起来还不错。"

"你也是。"

我低下头,不希望他问到我的工作。

这时,两个男人结伴而来。其中一个叫西野,另一个人的名字我想不起来了。那个人是那时班上最捣蛋的男生,我几乎没和他正经说过话。

"呀,这不是征太郎吗!"

西野坏笑着走过来。他也瞄了我一眼,但似乎没有想和我说话的意思。我也扭过脸去。

"好啦——大家好像到齐了,我们就开始吧!"

杉村提高了声调。人群立刻集中起来。

在所有人屏气凝神的守望中,土被翻起,没多久便听到硬器碰撞的声音。是铁锹尖碰到了时光胶囊的罐子。

杉村戴着手套,开始刨土。土中逐渐露出一个装在塑料袋里的东西,泛着朦胧的银色。将它从土里拿出来时,现场响起巨大的欢呼声。

塑料袋里面是一个用胶带封好的仙贝盒子。那里面装着在地里沉睡了十二年的、大家留下的消息。

杉村小心地撕下胶带,打开盒盖。盒子里的纸被叠成各式各样的形状堆在里面,已经有些泛黄。

干事一一叫着大家的名字,大家逐一伸手接过字条。有的人打开字条就笑了出来,有的人嬉笑着相互交换字条,还有人大声念出字条上的内容。每个人都很开心。

有的字条上写的是未来的梦想,有的写的是对喜欢的人的告白,还有的是说不出口的抱怨。

小小的仪式现场十分热闹,每个人脸上都带着显而易见的自信。三十岁，人生的许多事情已经确定下来，日子变得安稳，每个人都有了事业和家庭。当然，在场的所有人也都不再是高中生。大家都脱下校服，变成了各种各样的大人。

终于叫到了我的名字，我从杉村手中接过字条，没有打开，直接把它装进裤兜。好了，事办完了，我放松下来，长出了一口气。

下一个被叫到的是征太郎。他小心翼翼地展开自己的字条。

"哇——大作家啊！"

在他后面伸着脖子偷看的西野说。征太郎手中的字条只在中间写有一行工整的字：成为作家。西野冷嘲热讽起来：

"对啊，你上高中的时候就给小说杂志投过稿吧。现在还在写小说吗？"

征太郎坦然地答道："还在写呀。"

"欸，你出道了？"

西野明显是非常意外的语气。另一个我想不起名字的人也凑了过来："什么？你出书了？"

"还没有。不过，我一直在写。"

征太郎微笑着回答。西野龇着牙笑了。

"欸，好厉害啊。这把年纪了还是个追梦少年？"

我不由得怒火中烧，狠狠瞪了西野一眼。

"适可而止吧！你凭什么那么看不起人？快向征太郎道歉！征太郎的小说可有意思了。我很喜欢！你看过吗？一副高高在上的样子，在这儿装什么大爷啊？居然嘲笑埋头努力的人，简直糟透了。快给我闭嘴！"

我在内心呐喊。

西野和另一个人压根没发现我在瞪他们，径自和旁边的三个女生搭上话，聊得热火朝天。

上高中时，征太郎让我读过他的小说。课间我画画的时候，他悄悄走到我身旁，佩服地说我画得很棒，然后递给我一个本子，问我能不能读读他写的小说。说实话，小说的内容我已经不记得了，但我仍记得我在看到他工整的字迹时，内心的感动。

"……我回去了。"

见我迈步离开，征太郎追了过来。

"等等，我们一起走吧。"

征太郎瘦瘦小小的，却从头到脚打扮得很气派。

"你不继续和他们聚餐吗？"

他果断地点头。

"我也选择不参加聚餐。"

我们离开吵吵闹闹的人群，走出校门。两个人都没有一丝一毫的不舍。

我和征太郎聊着无关痛痒的话，一路走到车站。"那棵山毛榉都长那么高了""今年也是暖冬啊"……走到甜甜圈店门口时，征太郎似乎下了很大决心，终于开口道：

"要不，我们喝杯咖啡吧？"

他有些不好意思地笑了，我也莫名地不好意思起来，看着前面的路我点点头，说了声"哦"。我们别别扭扭地走进店里，找了张桌子坐下，只点了饮料。

"浩弥当年画画得很好呀，后来去读设计类院校了吧？"

征太郎坐在我对面。

"……嗯，不过我没干出任何名堂来。他们说我的画不讨大众的喜欢。就算在设计学校里，也常有人说我画得太诡异、太疯狂了。"

"欸——？总有人评价我的小说太普通呢。说我写得太浅，激发不了人们的热情。我没少报名参加各类新人奖项的选拔，偶尔得到几句评委的评价，对方肯定会提到这些。"

征太郎喝了一口牛奶咖啡，笑得很开心。这样的他，让我感到敬佩。

"你从那时候开始，一直在写小说啊。好厉害。"

"集中在晚上和周末写。工作日的白天还要上班。"

就知道是这样——我想。

即使工作的内容和自己想做的事相去甚远，他还是能认真工作，赚钱生活，同时为了梦想不懈努力。无论是作为社会人士还是追梦者，征太郎都让人从心底尊敬。

"水道局的工作，应该比较清闲吧。"

我明知这是自己的刻板印象，还是说了出来。征太郎双手拢着咖啡杯说：

"哪里有绝对清闲的工作呢？"

"那不就是你们这些做公务员的，或者大企业的员工。"

征太郎轻轻摇头。

"没有的事，没有哪个工作是绝对清闲、稳妥的。我觉得所有人都是勉勉强强地找到平衡，每个人都不容易。"

他的神情温柔，但语气认真。

"没有绝对稳妥的事，同样，也没有绝对办不到的事。这些事情，没人说得准。"

他嘟囔完，紧紧咬住嘴唇。看得出来，他心里一定在想："所以，我无论如何也要将自己想做的事做到底。"

我想起西野说的话，又是一阵火大，不由得攥紧了拳头。

"征太郎,你一定会成为作家,让西野对你刮目相看。"

征太郎安静地笑着,又摇了摇头。

"现在笑话我的人,无论我今后变得如何,他们都会笑我。他们就是想找点乐子。根本没读过我小说的人,怎么看我都无所谓吧。"

他又喝下一口咖啡牛奶,紧盯着我:

"我无意让这些人刮目相看,也无意化悔恨为动力。驱使我的,是其他的东西。"

他的眼睛深处在发光。征太郎温厚老实,但内心强大。他瘦小的身体里,有个东西一直驱动着他向前看。我有些羡慕这样的他。

我挑选着合适的词,谨慎地提问。

"……你不会感到不安吗?如果你的年纪越来越大,小说还是一直不被承认的话。"

"哎……"征太郎朝斜上方看了看,似乎在思考,"这种不安也不是完全没有。村上春树也是三十岁才出道。二十几岁这些年,我一直用他的故事鼓励自己。"

"欸——"

"不过,二十几岁的日子很快也要过去了,我正急着找下一个目标呢。反正作家出道没有年龄限制,每个人一定有最适合自己的出道时间。"

征太郎的脸红彤彤的。

"我们加一下 LINE 的好友吧。"我在他的邀请下,终于在手机上下载了 LINE。

第二天，我照小町说的，来到交流之家的借阅室。

借阅室里没什么人，偶尔会有上了年纪的读者来借书，屋里一直很安静。

见我来了，小町二话不说，将《进化之旅》放在柜台上。书上套着皮筋，夹着写有"借出"的纸。看样子，她的意思是我随时可以来读。我拿起书微微低头致谢，坐在前台对面的阅览桌前，翻开书本。

序言的第一页上，"自然淘汰"这个词跳入我眼中，我心里一沉。

上学的时候学过，适应环境的生物能活下来，适应不了的生物会自然走向灭绝……"自然淘汰"大概是这样的意思。书中的一行文字，令我心里五味杂陈。

"……好的变异会保留下来，不好的变异则会被大自然消灭。"

好的，不好的。

这"好与不好"，是对谁而言的呢？

我心里乱糟糟的，继续往下读，书中出现了一个陌生的名字：华莱士。我一页页地翻看，眼睛离书越来越近。

说到进化论，人们就会想起达尔文。写下《物种起源》的查理·罗伯特·达尔文，他的背后还有一个人：阿尔弗雷德·拉塞尔·华莱士。他也是自然史学家，比达尔文小十四岁。

他们二位都喜欢甲虫，都是极具工作热情的研究者，二人境遇和性格却完全不同。

达尔文很有钱，华莱士穷困潦倒。他们两人都在独立的研究中发现了以自然淘汰为原则的进化理论。

可是，当时的人们完全相信《圣经》中的"创造论"，认为世界上的万事万物都是神创造的，和创造论唱反调的人会遭到强烈的谴责。

达尔文不敢公开自己的发现，华莱士却毫不犹豫地写下了论文。这时，达尔文着急了。

多年来，达尔文一直不断打磨自己的理论。他可不想失去公开发表的优先权。事到如今，也只能公开了。达尔文做好了心理准备。

之前犹豫不决的达尔文，匆忙启动了《物种起源》的出版项目。于是，这本书和他的名字，如今依然家喻户晓。

这段文字看得我很是别扭，当看到华莱士提到达尔文时，说"我们曾是好朋友"的时候，我终于忍不住摇了摇头。

……华莱士，你甘心吗？

先尝试发表论点的人是华莱士，可成果最终却由达尔文一人独吞，唯有达尔文名留史册，这实在让人难以接受。

在设计类院校上课的时候，偶尔也有类似的事发生。曾有人偷瞄了我的画，然后模仿了我的构图或某个部分。对方的画功明显在我之上，得到的评价也很高。为什么模仿别人啊，明明是我先想出来的点子——我闷闷不乐，却从没说出来过。万一对方来一句"我本来就是这么想的"，我也就无话可说了。说到底，获胜的还是被大众承认的一方，我想。

我长叹一口气，翻开下一页。

下一页是一张满版的照片，拍的是鸟类化石。我找到图注，那好像是白垩纪的孔子鸟化石。那鸟舒展地打开双翅，像趴着似的。鸟嘴半张着，体态完美，留下一副完好无缺的骨骼。看着看着，我忽然有种想把它画下来的冲动。好久都没有这样的感觉了。我坐立不安，无论如何都想动笔。

我想起咨询的时候小町给我的那张纸还夹在书里，便起身来到前台，向望美借了一根圆珠笔。

一面空白的纸张，一支黑色的圆珠笔。

有这些就足够了。我看着孔子鸟的化石，慢慢画起速写来。

我渐渐画到了忘我。一只鸟一点点从笔尖下诞生，不知从何时起有了生命。

我不再满足于速写，慢慢展开了想象。这鸟只有骨架，却是活的。它的翅膀尖成了锋利的镰刀，能够惩戒一切罪恶。它的骸骨丑陋，却主张着不为人所知的正义。空洞的眼窝里，住着小小的金鱼——

我忘乎所以地大致画了一通，不知什么时候来到我旁边的望美"呀——"地惊呼出声，吓了我一跳。我知道她接下来要说什么，肯定是"好恶心！"

可是，望美却两眼放光道：

"老师，你快来看！浩弥的画好棒！"

我的心情不再平静，不过，这种不平静和以往不同。尽管办借阅卡的时候她知道了我的姓名，我依然没想到她会直接叫我"浩弥"，也没想到她会夸我的画好看。

小町猛地站起来，走出柜台。落落大方地摇晃着身子走到桌前，站在我旁边。

"喔！"她发出一声奇怪的呢喃，点头道，"创意很棒啊。"

望美说：

"你的水平，完全可以报名参加比赛呀。"

"……不，参赛我不行的。"

见我要将那张纸团起来，望美慌忙说：

"等等，如果你要扔掉的话，不如把它送给我？"

"你愿意要这种画吗？奇奇怪怪的。"

"就要这个。"

望美从我手中抢过那张画，双手抱在胸前。

"奇奇怪怪的，又有一点幽默感，我能体会到你对它的爱。"

被理解的喜悦令我动心。可别沾沾自喜啊，这种话，明摆着是怕我受伤才说的。

无论如何，差点变成碎纸的鸟骨头架，似乎在她的手里保住了性命。看样子，这个地方明天也会欢迎我来。想到这里，我也不再一味地沉着脸了。

第二天，要进借阅室的时候，那位裹着花头巾的大婶正在走廊里打扫卫生。是那个叫室井的人。她正用抹布擦楼道扶手，看见我，向我打了个招呼。

"小百合小姐今天休息啊。"

"……啊，是吗？"

对啊，当时我就是在这个人的指点下来到借阅室的。

"您叫她'小百合小姐'，我还以为是年轻的小女孩呢。"

我发着牢骚。室井哈哈大笑。

"在六十二岁的我眼里，她的确是年轻的小女孩啊。她不是才四十七吗？"

四十七岁的年轻小女孩。我一直觉得三十岁就已经一把年纪了，看来年轻年老，或许都是相对的。

不过，小町四十七岁了吗？我总觉得，那个人身上仿佛没有年龄之类的东西。不过，我当然也知道她是个普普通通的人。

"您喜欢蒙加吗？"

室井听了我的问题，突然大叫一声："蒙加！"

好像是在模仿蒙加的样子。我吓得退后了几步，室井笑得前仰后合。

"喜欢喜欢。绝对生物，蒙加！"

对啊。蒙加虽然外表可爱，其实是能耐极热和极寒、吃什么都能转换成能量的绝对生物，还可以瞬间移动。

"不过，要是放着不管，它就会闹别扭。如果伤心了，马上就会大哭。明明它有最强大的身体，无论在哪里都能活下去，还有特殊能力。所谓的'强大'，究竟是什么呢？"室井说。

话题似乎变深了，我没有说话。

"三年前啊，小百合小姐刚到这儿来的时候，我告诉她我喜欢蒙加。一次我请她推荐美食类的书，她同时送给我一只亲手制作的羊毛毡。我很感谢她，说那羊毛毡是很好的随书赠品。小百合小姐好像很中意我的说法。"

原来小町的"随书赠品"发明人是室井啊。

"您和小町关系很好呀。"

"嗯。"室井蹲下来，淘洗水桶里的毛巾，"不过我干到三月底就走了。"

她蹲在地上，看着我露出自豪的笑容。

"我女儿四月份就要生宝宝了，我要有外孙啦。马上就是当外婆的人喽——我打算帮衬女儿一阵。借着这个契机，就辞去这里的工作了。四月份正好是新一年工作的开始，有新员工要来。我会把工作交接过去。"

这里招的是一年期的合同工，到期时只要双方达成一致，好像就能续约。"我就再干一个来月了，多多关照啊。"室井说完，提着水桶走了。

走进借阅室，望美朝我粲然一笑。

室井说得没错，小町今天不在。《进化之旅》套着橡皮筋，放在咨询台的一角。大概是她放在那里的，方便我来的时候随意取用吧。

今天来借阅室的顾客也不多，屋子里很安静。我独占了阅览区，慢悠悠地打开书。

上古的历史、鸟类、变温动物。书已经读了一半，到了讲植物的部分。水灵灵的捕蝇草俘获了我的心，读着读着，我感到有人看我，抬起头，迎上了前台望美的目光。

"欸？"我眨眨眼，望美从容地笑了。我心里有如小鹿在乱撞，为了掩饰自己的羞涩，我急忙说：

"我这样可不行啊，老大不小了也不工作，居然在这儿看什么捕蝇草。"

望美笑眯眯地摇摇头：

"不会呀。看到你，我就想起上小学的时候，那时我总是去医务室报到。虽然我们不一样，但我多少明白你的心情。"

总是去医务室报到，望美小时候是这样的孩子吗？

我有些吃惊,而她继续说道:

"小町以前是这所小学的健康老师。那时,我也是她的学生。有一段时间,我怎么也没法上课,每天都去医务室。"

说起来,望美确实称呼小町为"老师"。我以为这只是因为她教了望美很多图书管理员的知识,原来不只如此。

"……你为什么不去上课呢?"

望美听我这么问,立刻笑了。

"也不知我当时是怎么了……就是没法和大家一样。"

啊,那我们一样——

我几乎脱口而出,又觉得这样恐怕过于轻浮,于是只是点了点头。

"我害怕太大的声音。上小学的孩子,不是总爱突然大叫、大笑吗?有时候其他小孩惹恼了老师被骂,我也跟着难过,好像被骂的是自己一样。总之我经常战战兢兢的,大家对这样的人,都比较在意吧。觉得对方是奇怪的家伙,或者觉得对方不好相处。同学们不会直接欺负我,而是有意地对我敬而远之,我就渐渐觉得,自己不该出现在班级里。"

望美说这些话时,语气轻快。

正因为她语气轻快,我也更能感受到她当时真的很痛苦。

"就这样,我渐渐不去上课了。妈妈跟班主任商量后,校方同意我平时待在医务室里。可我去医务室的第一天,老师……小町老师冷不丁地说了一句:'森永同学暑假写的读后感特别有意思。'还说她读了贴在走廊墙上的好几份读后感。她没有胡说,因为她还说出了我哪里写得好、为什么好。我高兴极了,从那以后,我读了书就写读后感,然后给小町老师看。"

望美慢慢地环视摆在借阅室里的书,平静地继续说:

"过了一段时间,我可以回班里上课了。上高中的时候,小町老师开始在这里当图书管理员,我找她商量,希望自己毕业后也能做同样的工作。于是她推荐了我,我便成了这儿的储备管理员。"

"储备管理员?"

"是的。先上储备管理员的培训班,干满两年之后,就可以接受图书管理员的培训了。"

"欸,接受图书管理员的培训,需要先做两年储备管理员吗?"

"嗯,高中毕业的话就是这样。接受三个月的图书管理员培训,总共要有满三年的储备管理员经验才算储备期结束。也可以在读大学的时候考下必需的科目,取得图书管理员资格,但我家经济困难,很难完成大学学业,我也想立刻投入工作现场。"

没想到成为图书管理员要走这么漫长的路,真是不容易啊。

我发自肺腑地说:

"你这么早就知道自己想做什么,真希望你今后顺利地做下去。"

"浩弥不也一样吗?高中毕业之后,你就去了设计类院校吧。"

"不过,我压根没被大家接受。他们都说我的画太阴暗了,看着瘆得慌。"

望美不可思议地歪着头,和小町的动作有点像。

"嗯……嗯……"

她大大的眼睛滴溜溜地转着,一副若有所思的模样。她突然对着我大喊道:

"咕咾肉!"

"……啊?"

"你爱吃咕咾肉里的菠萝吗?"

什么嘛，这么突然。

见我疑惑不解，望美涨红了脸，拼命解释道：

"有很多人不爱吃那个吧？他们说，咕咾肉里的菠萝简直是不可饶恕的存在。可是，为什么做这道菜总也少不了菠萝呢？"

"为……为什么呢？"

"因为还是有人爱吃咕咾肉里的菠萝，虽然也许只是一小部分，但这些人对菠萝不是一般的喜欢，而是无与伦比的热爱。大概是喜爱浓度高低的问题吧。就算大多数人不接受，但因为那一小批人还在，菠萝就留了下来。"

"……"

"我超爱吃咕咾肉里的菠萝，也超喜欢你的画。"

我心里暖融融的，开心极了。望美是在想尽办法鼓励我啊！喜欢，真是给人救赎的好词。似乎终于有人接受了我，也接受了我的画。即使是流于表面的吹捧。

我高兴地回到家，母亲正在和人讲电话。

她的声音明朗，好像很开心。我立刻知道对方是谁了。

挂掉电话后，母亲说：

"你哥哥说，他四月份就回国啦！"

我脑子里轰的一声，好像被什么东西猛击了一下。

"说是要调回东京的总公司来。总公司成立了新部门，好像选中了他做其中的一员。"

啊，终于。

这一天，终于还是来了。

"这样啊。"为了不让母亲看出我的狼狈，我含混地应了一声，就走到了洗脸池前。

拧开水龙头，自来水流了出来。

我用力搓洗双手，还洗了脸。哗啦啦的水声不绝于耳。

《进化之旅》中的那句话从我脑海中闪过。

"……好的变异会保留下来，不好的变异则会被大自然消灭。"

我的哥哥……

从小就是个优秀的孩子。

上小学时，父亲和母亲离婚，四口之家变成了三口之家。

当时已是初中生的哥哥，比从前更用功地学习。他刻苦的样子中似乎带着愤怒。对父亲的愤怒，对身边环境变化的愤怒。每当我和他说话，他都不耐烦地扭着脸。

面对自己的亲哥哥都会因胆怯和不安而缩成一团的我，和哥哥是完全不同的人。我觉得自己不该在逼仄的家中打搅哥哥，于是放学后总是躲到漫画咖啡厅北见去。

但自从小学毕业开始，我连北见也去不了了。我们一家告别了乡下生活，母亲在东京找到一份单身妈妈也能养活我们兄弟俩的工作，大家一起搬去了东京。

哥哥以免收学费的特优生身份从大学毕业，进入贸易公司工作。托哥哥的福，母亲辞去了严苛的全职工作，目前在一家中意的面包店打零工。

四年前,得知哥哥要调去德国工作,说实话,我松了一口气。在哥哥面前,我永远觉得自己是一个糟糕透顶的人。

——尽管如此,尽管如此,我也努力地去尝试工作了,可我没能成功。

离开设计学校后,我总算找到了一份面向课外班和普通家庭销售教材的工作。白天需要外出,晚上在公司给客户打电话。我不太会说话,净给公司添麻烦,觉得自己就像无用的厨余垃圾,根本完不成任务,总是惹领导或前辈生气。他们要么说我没把心思用在工作上,要么说我是个废物。

一个月后,我就失去了行动力,怎么也起不来床。好不容易强逼着自己起来,走到门口准备穿鞋,大脑就停止了思考。我浑身僵硬,眼泪不受控制地往下淌。越是告诉自己一定要去上班,身体的各个部位就越是掉链子。

我连离职手续都全交给母亲代劳,真是丢尽了脸。原来我比自己想的还要差劲,我简直是个无敌的废物,还是个无可救药的懒蛋。

离职后,我稍作休整,觉得好歹也要打个工。可无论是便利店还是快餐店,我都无法快速地同时处理几件事情,总是出错。我为给店家添麻烦而感到歉疚,每份工作至多只能干两个星期。我还试着在搬家公司打过工,但我干了一天就累得直不起腰来,第二天便辞了职。

理解能力、沟通能力、体力,我样样不行。也许这世上根本没有我能做的工作。

我想起刚才母亲开心的笑脸。

母亲当然开心了。因为和我天差地别的那个可靠、开朗又优秀的儿子就要回到她身边了。

"我们去机场接哥哥吧。"母亲说。不要，我不想去。

哥哥要从遥远的国外回来了，坐我从来没坐过的飞机回来。

哥哥已经完成了成长的蜕变，有他在这个家，我即将成为不受欢迎的存在。

我忽然想起，小町之前送了我一个飞机形状的羊毛毡。

古时候的人，看见鸟类在天空中翱翔，就会产生想飞的愿望吧。

但人们应该明白，即使再怎么进化，自己也长不出翅膀。所以才发明了飞机。

我变不成鸟，也造不出飞机，我根本无法在空中翱翔。

你要找什么？

小町问我这个问题时，有一个答案首先浮现在我眼前。

我一直都在寻找。

寻找一个愿意接纳我的、安稳的港湾……只要找到一个便好。

第二天，望美好像休假了。

走进借阅室，看到小町稳稳当当地坐在前台那里，我吓了一跳。她将蜂蜜圆饼的盒子也带了过来，仍然在一针针地戳制玩偶。

我一面朝阅览区走去，一面看着小町，自言自语道："好专注啊。"小町并未抬眼看我，答道：

"以前有个不去上课，总是泡在医务室的孩子喜欢戳羊毛毡。一开始，我只觉得她很喜欢做手工，但时间长了，我发现用针不停地戳刺毛球，渐渐会专注起来。我自己试了试，感触就更深了。那些汹涌的不安和混沌的心情，都在一戳一刺之间慢慢变得平静。于是我明白了，原来那孩子是用这个办法找回心理平衡的。我从学生身上学到了许多。"

原来小町也有汹涌的不安和混沌的心情。看上去，她是无论发生什么都会稳如泰山的人。

我在阅览区的桌前坐下，翻开那本《进化之旅》。

慢慢地，昨天晚上那狂乱的心绪略微平静下来。小町看上去对人漠不关心，却从不拒绝每一个请求。有需要的时候，她就在身旁，手里的动作一刻不停。我很感激她，多亏她告诉我，我随时都可以过来看书。

不过，这里也只是我暂时的避难所。毕竟我不可能一辈子都在这里看书。泡在医务室的小学生总有毕业离校的一天，我等待的那一刻却不会主动降临。无论是结束还是开始，都不会有人来替我做决定。

自然淘汰。无法适应环境的生物，终将灭绝。

既然如此，要是适应不了环境的家伙能自己做主，唢的一下烟消云散该有多好。而实际上，它们明知道自己适应不了，还是要背上"不好的变异"的罪名，苦不堪言地艰难求生。

就算我没什么本事，假如有一点为人处世的聪明劲，大概也能过得不错。哪怕做些卑劣的事也没关系。

我想着这些，被排挤的痛楚却越来越逼真了。被夺走成功光环的华莱士，真的认为达尔文是他的"好朋友"吗？

我趴在摊开的书页上。

小町嘟囔着问了一句："怎么了？"她的声音平静无波。

"……达尔文可真过分啊，华莱士好可怜。分明是他想先发表论文，却被达尔文抢在了前面。读到这本书之前，我连华莱士是何许人都不知道。"

沉默持续了一段时间。我依然趴着,小町依然一言不发,大概还在戳羊毛毡吧。

过了一会儿,小町开口道:

"读传记或历史类书的时候,有一点一定要注意。"

我抬起头。小町迎着我的目光娓娓道来:

"呈现在书中的,不过是一种观点——一定要带着这种意识去读。事情的真相只有当事人才知道。一件事情,谁在其中说了什么、做了什么,口口相传,会演变出很多种说法。就连即时更新的互联网中都会产生误解,何况是那么久以前的事了。书里写的有几分是真、几分是假,没人说得清楚。"

小町猛地一动脖子,发出"咔吧"一声。

"不过,至少浩弥君通过这本书知道了华莱士这个人,并且由他的故事想到了很多。这样一来,就已经在这个世界上为华莱士开辟出一块属于他的位置了。"

我为华莱士开辟出一块位置?

一个人想起另一个人,就会为这个人开辟出一块位置……?

"而且,华莱士也是很厉害的名人啊,就连世界地图上都有一条'华莱士线',标记了生物的分布情况。人们还是很认可他对世界的贡献的。这些贡献的背后,也不知道有多少伟大的人没有留下姓名。"

小町把食指抵在额头上。

"这些暂且不提,我们说说《物种起源》。当我知道这本书出版于一八五九年的时候,惊讶得眼珠子都要掉下来了。"

"欸,为什么?"

"那不就是大概一百六十年前的事吗?离现在这么近!"

一百六十年……离现在很近吗？我皱着眉头，陷入了沉思。小町伸手碰了碰头上的发簪。

"活到快五十岁的时候啊，自然就会感受到一百年这个时间单位的短暂了。区区一百六十年，我要是努把力，说不定也能活到这个岁数。"

这一点我倒是认同。小町的话，说不定真能活到一百六十岁。

戳呀戳，戳呀戳。她又开始默默地用针戳那只毛球了。

我的视线落回书本，想着华莱士身旁那些没有留下名字的人。

走出交流之家的时候，手机响了。

是征太郎打来的。平时几乎没有朋友打电话给我，我不由得停下了脚步，有些紧张地按下了通话键。

"浩弥，我……我……"

电话那头传来征太郎抽抽搭搭的哭泣声。我慌了。

"到底发生什么了？喂，征太郎！"

"……我要以作家身份出道了。"

"哈？"

"其实，年底的时候我收到了一封麦普尔书房的编辑写的邮件。我在秋季的文学市集[1]上卖了自己的小说，一个叫崎谷的编辑读后联系了我。我们见面碰了几次，找到了合适的切入点。今

---

[1] 文学市集：由日本文学市集事务局主办的文学作品展销会，参展作品以小说、文学批评类文章为主，具体形式不限。参展方可在市集上推销自己的原创作品。

第四章　浩弥

天她告诉我，选题通过了。"

"哇！好厉害！太好了啊！"

我浑身颤抖。

好厉害，真的太厉害了。征太郎的梦想实现了。

"我第一个想告诉的人，就是浩弥你。"

"欸？"

"大家以前一定都觉得，我绝对当不了作家。但是高中的时候，只有你对我说过：'征太郎的小说很有意思，要继续写下去啊！'也许你已经不记得了，但你的这句话一直是我写下去的动力，也是我一直深信不疑的护身符。"

征太郎哭得稀里哗啦的，我的泪水也止不住地往下流。没想到，我的一个小小的举动，对他来说竟然如此重要。

不过，征太郎一定不是因为我这句话，才一直笔耕不辍，坚持发表小说的。最根本的原因，一定是他相信自己能行。

"那从今以后，你就不再是水道局的员工，而是作家喽？"

我边擤鼻涕边问。

"不，"征太郎笑了，"正是有水道局这份工作，我才能一直把小说写下去。今后我也不会辞掉这份工作的。"

他这句话在我的脑海中盘桓不去。我忍不住去思考这句话的深意，可这句话仿佛又很好理解，并不需要考虑更多。

"回头我们一起庆祝吧。"说完，我挂断了电话。

我难掩心中的激动，绕着交流中心走了一圈又一圈。铁栅栏前面有一条木质长椅，椅子不大，勉强能坐下两个人。我走过去坐下来。

栅栏后面就是小学的校舍。交流中心虽是小学的附设建筑，从这边却进不去学校。大概正赶上放学的时间，有几个孩子在攀登架上玩。

这是二月末的傍晚，白天已经比冬天时的长了许多。

我双手插在夹克衫的衣兜里，慢慢平复心情。

左边的衣兜里装着时间胶囊里的字条，右边的衣兜里装着小町送我的布偶。

这两样东西我一直没有动过。现在，我将它们取出来，分别放在两只手的手心。

飞机，无人不知的文明利器。时至今日，它载着无数顾客和货物在空中驰骋，人们看到它也不会再发出惊叹。

就在距今不远的一百六十年前——

在那以前，欧洲人认为所有生物的样貌都是神在开天辟地之时创造出来的，人们深信，万事万物亘古以来就是同一副模样，今后也不会改变。

每个人都坚定不移地以为，鲵鱼生于火中，极乐鸟当真是极乐世界的使者。

所以达尔文犹豫再三，迟迟没有发表自己的观点。他的想法并不适应当时的环境，他或许真的担心自己会被环境淘汰。

但现在，进化论已经无人不知。曾被认为不可能的事情，如今成了常识。达尔文也好，华莱士也罢，当时的每一位学者，都相信自己，坚持学习，坚持发表自己的观点……

他们改变了裹挟自身的环境。

我望着拿在右手的飞机。

即使告诉一百六十年前的人们，今后会出现这样一种交通工具，只怕也没人会相信吧。

钢铁怎么可能飞起来呢？不过是空想世界中的奇幻故事罢了。

我以前也是这样想的。

我觉得自己根本没有绘画的才能，根本不可能找到一份普通的工作。

但这样的想法，又扼杀了多少种可能呢？

我左手的纸片上，写着高中时候的我许下的心愿，它在泥土中封存了许多年。捏着对折过两次的纸片边角，我终于拆开了时光胶囊。

看到写在纸上的文字，我吃了一惊。

"我要画出直抵人心的插画。"

那确实是我的笔迹，一笔一画地写在纸上。

我当时是这样写的吗……啊，也许的确是这样写的吧。

不知搭错了哪根筋，我的记忆出现了混乱，一直以为自己写的是"名留青史"。我总以为自己怀抱着宏大的梦想，却被现实打得粉碎。我总觉得错的是不认可我的世人，是黑心企业泛滥的社会，然后将自己包装成一个受害者。可实际上，"名留青史"并不是我最根本的、最原始的愿望呀。

我想起望美的手。那双手拯救了险些被我揉烂扔掉的画作。我想起她的声音，她说她喜欢我的画。那时我没有坦诚地接受她的赞美，以为那是阿谀奉承。因为我既不相信自己，也不相信他人。

对不起啊，十八岁的我。

现在开始也还不迟吧。谁要去想名垂青史这么遥远的事……最重要的，是画出一幅直抵人心的画，让它久久留在某个人的生命之中。

那才是我切切实实的容身之处吧。

第二天，我带着速写本和好几种画笔，来到交流之家。

和之前的孔子鸟一样，《进化之旅》中有的是激起我创作欲望的照片。是否要拿画好的作品去参赛并不重要，我只是想要认真面对绘画这件事了。

从交流之家的入口进门，总是待在前台的那位白发大叔正站着和小町说话。我从他们身旁经过，朝借阅室走去。

我大大咧咧地拿过《进化之旅》，开始在阅览区挑选照片。以绘画的眼光欣赏这些照片，我又收获了新的感动。速写一幅北美洲的天牛吧？从蝙蝠的翅膀展开想象，设计一个新角色也不错。啊，用铅笔画一幅华莱士的肖像也很有意思。

在我兴致勃勃地翻动书页时，小町回来了。她在前台和望美说起话来。

"听说室井这阵子都来不了了。"

我抬头望向前台。

"好像是她女儿的预产期提前了。望美，不好意思，你能不能帮办公室干点活？到三月底为止。"

望美有些迟疑地点点头。

不，让我来——

我站了起来。身体的动作抢在了大脑前面。

"那个——"

小町回头看我。

"我……我……能不能让我试试那个工作？"

汗水沁湿了我的额角。我在说些什么啊……

但是，望美一定要留在借阅室。她那么努力地工作，一心想要成为图书管理员。

虽然不知道在这里工作，具体要做些什么，但反正我有大把的时间。

小町毫无表情地紧盯了我一会儿，微微掀了掀唇角。

替室井的班实在痛苦。每星期有四天需要早上八点半就前来报到。这也没办法，毕竟以前的我总是磨磨蹭蹭地拖到天快亮才睡，也不上闹钟，直接睡到中午。

不过，只要熬过起床时那股壮阔绝伦的痛苦，呼吸到室外的空气，我就彻底清醒了。拖着生锈的身体打扫大楼的卫生也相当困难，但打扫了几天之后，原先从早到晚隐隐存在于体内的那种倦怠感便一扫而空。更重要的是，我已经许久没有尝过付出劳动赚钱的滋味了，一切的一切都让我感到新鲜。而我从一开始就已经想好了，要用赚到的钱做什么。

接待、扫除、电脑录入、讲座引导和支持。我之前没去过的二层很宽敞，用来办舞蹈班、演讲等活动。打扫卫生和管理日常用品的工作我也能干,而且这类工作的内容比我想象的还要繁杂。

小町似乎在到处宣扬我会画画的事,于是我又接下了画"交流家通信"插画和活动海报的工作。每当有人赞扬我画得好,或是驻足细看贴在墙上的海报时,我都在暗地里比着胜利的手势,心里乐开了花。不知道为什么,我的画好像很受小孩子的欢迎。

在交流之家的日子是缓慢而宁静的,这里和我之前打工的任何一个地方都不同。或许我也没有那么糟糕,只是以前没有找到适合自己发展的地方。我开始觉得自己还算是个有用的人了,哪怕这样的想法,只存在于内心的一个小小的角落。我因此感到无比宽慰,原来这个地方愿意接纳我,我想。

平时有许多人会来交流之家。开讲座的老师,听讲座的学生,色彩疗法的集会,手工艺品创作工坊……这里会举办各式各样的活动。

交流之家主要服务于这一带的居民,工作人员付出的一切努力,都是为了让居民们在这里度过一段有意义的时光,放松身心、学有所得。为居民们提供一个场所,让大家在这里感受到关心和照顾、宽容与接纳,是交流之家的最大目的。

我和常来的大婶在大厅聊天,和年轻妈妈带来的小朋友混得很熟。我从未想过自己还有如此善交际的一面,就连我自己都感到吃惊。

办公室没排我班的日子,我就在借阅室读书画画。不可思议的事情发生了,我的灵感之泉一汩汩地向外喷涌着泉水,就像曾经泉眼上盖着一块布,如今有人将那布取下来了似的。从前我有大把时间的时候,灵感却从未眷顾过我。那时候,我连画笔都不想拿起来。

第四章 浩弥　　185

我渐渐和交流之家的员工也打成了一片。总是坐在前台的白发大叔……古田先生是馆长，是区民设施协会的职工。这个协会主要负责东京都内区民设施的管理和运营。

提到找工作，以前我想到的就是企业和店铺的工作。没想到，身边还有各种各样我不知道的职业。或许用心找一找，真的能发现很适合我的地方。

我的心中充满了谢意。感谢交流之家让我在这里工作，感谢自己有一副好身体，可以支持我开开心心地干活，感谢来交流之家的居民们对我笑脸相迎。

我还要感谢母亲。

即使我辞去了公司的工作，她也从未责怪过我。

看到我在家里无所事事，她没有向我施加压力，而是若无其事地劝我多出门走走。

恐怕旁人都会说我是个"被宠坏的孩子"吧。

曾有几次参加法事或其他聚会时，对我的情况一无所知的亲戚问起母亲："浩弥现在做什么工作？"这种问题总会令母亲感到尴尬。问母亲话的人完全没有恶意，也正因如此，才更让母亲难受。不读书的成年人当然应该工作，这是普遍的社会认知。

即使如此，母亲也没有因为承受了旁人的目光，而对我加以苛责。

哥哥回国之后，在这一点上，母亲一定也不会变。我的担忧不过是源于自卑，我竟会觉得母亲偏爱哥哥。

还是去机场接哥哥吧。我想和母亲一起，对哥哥说一声："欢迎回来。"

我将自己在交流之家领到的第一笔薪水尽数装在信封里，给了母亲，还买了一捧小小的花。

妈妈，对不起，谢谢你。在我面前，你总是那么开朗，其实你一直在替我担心吧。

母亲没有收那信封，默默地将它推了回来。接着把脸贴着那捧花，潸然泪下。

四月。

室井来交流之家玩了，还带着她的女儿和孙子。

"浩弥君，真是很感谢你，帮了我好大的忙。大家对你的评价都很好啊。"室井喋喋不休，她女儿怀中抱着的婴儿眼睛一眨也不眨地望着我。这孩子的脖子还是软软的，头顶的胎毛一圈圈地打着卷。好像蒙加似的——我默默想着。室井说：

"可爱吧？对现在的我来说，这孩子就是最棒的生物，没有什么能与他匹敌。"

替补工作结束后，我仍然继续每周四天到交流中心上班。

今年的新员工之前已经定下来了，但古田先生又为我找到了一个位子。

"招募的名额不是一个，而是若干。看到浩弥君的工作态度，我也希望你能继续干下去。"

古田这样对我说。原来还可以以这样的形式投入一份工作之中，不必经过写简历、面试的流程，只要努力做好眼前的事，就会有人主动向我伸出橄榄枝。

我成了交流之家的小时工，时薪一千一百日元，合同期为一年。这就足够了，我很感激。从今往后，我就在这里一边工作，一边画画……缓慢而仔细地寻找自己的人生之路吧。

回家之前,室井对我说:

"对了,刚才我给小百合带了蜂蜜圆饼,浩弥君也吃一些吧。"

"谢谢您,小町果然喜欢吃蜂蜜圆饼。"

室井转了转眼珠,调皮地笑了:

"听说是蜂蜜圆饼促成了她和她老公的缘分。他们俩在店里同时朝它伸出手去,就这样不期而遇。她一直戴在头上的白花发簪,好像是求婚的时候她老公送的礼物,没有送戒指,而是用发簪代替。"

"欸——!"

我大吃一惊,接着,一种暖融融的幸福感包围了我。

该怎么形容我的感受呢……人人都有自己的历史啊。

我利用休息时间,来到借阅室。

望美正把读者还的书放回书架,见我来了,她主动向我打了个招呼:"你预约的书到啦。"

我预约了一本世界深海鱼类的图鉴。一本艺术类漫画杂志正在举办插画大赛,我决定报名,这本图鉴是我参赛所需的资料。如今的我,打算打造一个满载狂热、古怪、幽默和爱的世界。

我在阅览区翻看了一会儿图鉴,听到小町敲击键盘的声音:"嗒嗒嗒——"借阅室里面的屏风后面,露出一位大叔的半个身子,他腰间系着一个腰包,多半是在向小町咨询。

我忍俊不禁。小町果然是健次郎再世。但她这一招给我的启示，却和北斗百裂拳完全相反。

我发现了一个再简单不过的事实：在漫长的进化历史中——我真真切切地活在这里，活在当下。

第五章

正雄

六十五岁　退休人员

お探し物は図書室まで
人生借阅室

六十五岁那年九月的最后一天,也是我员工生涯的最后一天。

我这辈子,没做出特别大的成绩,倒也不曾有什么过失,仅凭一股子认真劲得到了认可,勤勤恳恳地工作了四十二年。

部长,您辛苦了。

部长,感谢您的付出。

部长,祝您身体健康。

我接过花束,在掌声的海洋中,畅快地走出公司。思绪纷杂,有几分踏实,有一丝寂寥,还有几分成就感。

过去经历了许多困苦,我到底都熬了过来。每天在固定的时间坐上电车,来到固定的办公室,坐在固定的位置上,执行手中的公务,这样的日子就在这一天迎来了落幕。我定定地凝视着公司大楼许久,向它鞠了一躬,然后转身离去。

好了。

……好了。

……好了?

从明天开始,我要怎么过呢?

樱花花期差不多已经结束了吧？明天就去家附近的公园转转好了。

　　这个想法浮出水面，立刻被我否决了。不，算了。那些公园已经去了很多次了。

　　往年都是临到四月上旬的周末，樱花快谢了我才匆匆出门看上一眼，可今年不同。从含苞待放到花枝招展，每天我都有空闲的时间赏花，白天和夜晚都时间充足。

　　女儿千惠小时候，周六日我也很忙，连看樱花的时间都挤不出来。往往是春天都过去了，我也没时间和孩子一起赏花。

　　可等我有了时间，女儿早已长大成人，开始了独居生活。而且就算我们住在一起，她大概也不愿意跟老父亲去赏什么樱花吧。

　　自半年前退休到现在，我明白了三件事。

　　首先，我发现六十五岁比我以前想的要年轻很多。

　　认识到这一点，我相当吃惊。退休的我，并没有小时候想象的那么衰老。往昔的青年风采当然早已不再，但至少我还不觉得自己是个老人，似乎中年的日子仍在继续。

　　其次，我意识到自己实在是个没什么兴趣爱好的人。

　　喜欢的东西和想干的事倒是有几件，比如晚上吃饭的时候来杯啤酒，星期天爱看大河剧，等等。但这些不过是日常生活中的一个片段，和兴趣爱好不同。似乎没有哪件事，能让我深深着迷，和人高谈阔论。

　　最后一点……

离开公司后，社会与我的关系也就此断裂了。

由于长年在营业部工作，和人交流对我来说如同工作一般。所以一旦被围在许多人当中，我就容易搞不清状况。

辞旧迎新的时候，我没有收到一张贺年卡，我这才惊讶地发现，自己连个能一起喝杯茶的朋友也没有。这半年来，公司对我的记忆已经渐渐淡去了吧。即使我在那里工作了四十二年。

在我对着电视屏幕发呆时，妻子依子下班回来了。她看了看屋里，小声嘟囔了句"啊呀"，就朝阳台走去。

"好讨厌啊，正雄。不是跟你说了吗，要把晾干的衣服收回来？"

糟了，我忘了个精光。

依子没有发火，她像跟小孩子拌嘴似的埋怨着"老是忘事"，然后便打开窗户，穿上了拖鞋。

"不好意思。"

我接过依子从晾衣杆上拿下来的衣服，抱进屋里。晒得干干的衣服散发着阳光的味道。

之前我从没对家务活插过手，所以一时间我也难以适应。我总是忘记依子要我做的事。再这样在家里待下去，只怕身体和大脑都会退化，记忆力也会越来越差。就算妻子再怎么大大咧咧，大概也不会总是笑话我一句"老是忘事"就能释怀的吧。不，听她那口气，说不定早就放弃了我，觉得跟我生气也是白搭。

我在危机意识中卖力地整理洗好的衣服。但我并不清楚怎么叠袜子和内衣裤，只好单拎出毛巾来，姑且将它们先叠好。

"啊，对了，这个给你。"

依子从书包里抽出一张纸。

围棋教室。

纸的上半部分写着一行大字。

"之前和你说过吧？我的学生里有一个叫矢北的。听说他四月起在交流中心办围棋班了。正雄要不要去学学看？"

"矢北？哦，是那个给野草做网页的老爷子吗？"

"就是他。学费是按月付的，但四月份已经过了一半了，他说你要是来的话，付两次的费用就好。"

依子是计算机老师。

她以前是一家IT企业的系统工程师，四十岁后辞去工作，开始自由职业。她在相关的协会做了登记，有计算机班或讲座需要讲师的时候，她就去讲课。她最近好像每个星期三都会去这家叫交流之家的地方当老师。我对计算机一窍不通，不过今后的社会对IT技术的需求一定很大，而且依子的工作并不受退休的影响。

"交流之家从咱们家过去只要十分钟，你认识路吧？羽鸟小学。它跟这所学校紧挨着。"

"围棋啊，我之前从来没下过。"

"那不是正好？从头学起，肯定很有意思。"

不知不觉间，依子已经系好了围裙，站在厨房里。

依子今年五十六岁。我们相差九岁，所以刚结婚时，人们常说她是"年轻太太"。随着年岁渐长，周围的人渐渐不再这样说了，但她本人似乎依然以"年轻太太"的身份自居。直到今天，她确实仍然活跃于职场，性情泼辣，活力四射。依子俨然是一位自信满满的五十多岁的独立女性，这几天，她身上散发的光芒几乎刺得我睁不开眼。

……围棋呀。

我拿着海报，陷入了思考。

兴趣爱好是围棋的话，虽然有点普通，但毕竟不坏，至少能动动脑子吧。

星期一上午十一点开课。我看着写得满满当当的日历，那些待办事项都是依子的，我的安排则一个也没有。

📖

星期一早上，我朝交流之家走去。

虽然我知道羽鸟小学的位置，但校门紧闭，我进不去，于是我按了按旁边的门铃，一个女人应声而来。

"你好，我是来上围棋班的。"

"您说什么？"

"围棋班。交流中心的那个。"

"哦——"

看样子，那女人是小学的教职工。她告诉我，交流之家的入口在另一个地方，要转过围墙，然后按照便门上的指示牌指示走。

说是紧挨着小学，原来不在一个地方啊。我沿着围墙往前走，看到了一个指示牌，上面写着："交流之家往这边。"

走进狭窄的小道，里面有一栋白色的建筑，和小学的校园隔着一道栅栏。

推开门，右手边就是前台的接待窗口，柜台后面便是办公室。一个穿绿色衬衫的年轻男子正坐在电脑前头。

男子看到我便走了出来。

"请您在这里登记。"

柜台上放着一份表格，需要来访者填写姓名、来访目的和时间。我拿起圆珠笔。

"哎呀，我不认识你们这儿，刚才都迷路啦。我太太告诉我，交流之家和小学挨着，我还以为在小学校园里呢。"

"哦——"男子笑了，"这里以前和小学是通着的。现在出于安全考虑，才把这两个地方隔开了。"

"……欸？"

"开设交流之家，原本是为了加深小学生跟当地居民的交流。但最近，那种引起社会轰动的案子不是很多吗？人们都说，应该把保护孩子的安全放在第一位，所以学校的正门也上了锁。有不少羽鸟小学的孩子，直到毕业都没来过这儿呢。"

"原来是这样啊。"我一面和他寒暄，一面在表格上填好自己的姓名。

权野正雄。

现在我连被别人点到名字的机会也明显变少了。最近的一次，还是上个月去看牙医的时候。

围棋班在一间和室中举办。我脱下鞋子，走上榻榻米。

屋里已经有几个人在棋盘前对弈，一位看上去不太好相处的老人独自坐在最里面。

老人见了我，主动打起招呼来："权野先生？"他便是矢北老师。听说他七十五了，但脸色很好，精神矍铄。

"欢迎您来。我听您太太说起过您。"

"妻子平时受您照料了。"

"哪里的话，承蒙照料的人是我才对。"

平时受您照料了——这句客套话，我有日子没用过了。

矢北老师隔着围棋盘与我对坐，从落子的方法开始教我，讲了落子的位置、顺序，如何决定先手和后手。做了一通最初级的规则说明。

我边听边点头，矢北老师突然说了一句：

"您太太真是个优秀的人。"

"哈？"我抬起头，矢北老师摸着下巴。

"我是说，权野老师真优秀，我只有羡慕的份儿。她工作出色，人也聪明，而且头脑灵活。哎，不过我对结婚这事，已经受够了。"

这样说来，他应该是离婚了，现在独身一人吧？该怎么回答比较好呢？我望着棋子，慵懒地应了一句："嗯——"没承想，矢北老师居然滔滔不绝地打开了话匣子。

"我嘛，就是人们常说的那种，晚年离婚吧。以前在公司上班的时候，你也知道的，就算早上吵了一架再去上班，晚上回来两个人别别扭扭的，但基本上也就相互让步，不了了之。等到长时间在家后，两个人面对面的时间多了，就总是错过重修于好的时机。即便如此，我还是觉得对方已经陪伴了自己很多年，就像一只总是跟着破锅的锅盖。"

"……嗯。"

"女人啊，一旦过了某个阶段，之前忍得下去的事好像一下子就再也忍不了了似的。到了最后，就连我挑一双袜子，她都嫌弃花纹太没品位，就嫌弃我到这个份儿上。那我肯定会想——这算什么事啊！"

这位老师真能说。听老师讲自己的故事，难不成是这个围棋班的入门仪式吗？我偷偷看了看他的袜子，好像是鱼鳞似的花纹。如果因为这点事闹到离婚，那也真是可怜。我干笑连连，矢北老师接着讲下去：

"她把离婚申请书塞给我的时候,我真像遭了晴天霹雳。但我从十几岁开始就一直下围棋,平时也喜欢侍弄园艺,认认野花野草,有一大把个人爱好。若说享受人生,我并不缺少乐子。哎,那就还彼此一个自由,赞美独身生活呗。我这样反而挺好。"

他说得很在理。无论是上了年纪、辞退工作,还是离婚后独自生活,只要有个能沉浸其中的爱好,就能像他这样,过上健康又幸福的日子。更别说他身兼"围棋老师"一职,多半是什么团体的成员,还开辟了植物这块兴趣领域。他跟着依子学计算机,做出的网页肯定也能吸引兴趣相投的人。

"我退休之后半年左右,妻子的态度才开始发生转变。您也要多加小心。"

矢北老师悄悄对我说。看样子,这件事仿佛比围棋规则还重要。

时间到了,围棋课宣告结束。

下围棋比我想象的难。所有内容都靠矢北老师口授,他又不让学生记笔记,我几乎没记住什么。

不然上完今天这一次课就算了——可转念一想,四月份的课时费已经付了两次,下次不去就划不来了。

走出和室时,一个年轻男人从我眼前走过,是刚才在办公室对着计算机干活的那个穿绿衬衫的人。我朝他去的方向看了一眼,最里面一个房间的门上挂着"借阅室"的牌子。他走了进去。

这里还有借阅室啊。

应该也有讲围棋的书吧。来都来了，去看看吧。

我跟着绿衬衫男人走到借阅室，一脚迈了进去。

借阅室空间十分有限，但一整面墙上都是书架，书塞得满满当当的。穿绿衬衫的男子和深蓝色围裙的女孩正在小声说话，除了他们之外，屋里没有来客。

讲围棋的书放在哪边呢？我漫无目的地转悠着，系围裙的女孩正好抱着一摞书从我旁边路过。她胸前的名牌上写着"森永望美"。

"不好意思，我想找讲围棋的书……"

我一开口，森永望美便露出向日葵般的灿烂笑容，伸手指了指她身后的书架："在这边。"

讲围棋和将棋的书放在娱乐分类的书架上。这里的藏书比我想象中的充实。

"真不少啊。"

见我在书架前徘徊，望美说道：

"这种教学类的书，很难选呢。初学者根本不知道自己的弱项在哪里。"

她是位好员工，能从借阅者的角度思考问题。

"我也没下过围棋，不过那边有图书管理员，您可以找她商量，她会给您推荐合适的书。"

其实我本不至于去找图书管理员咨询，但既然望美这么说了，我就去问问看吧。

屋子深处的天花板上垂下一个挂牌，上面写着"咨询"。我循着方向走去，从兼有留言板功用的屏风外面向里看。

"哇！"我停下了脚步。

屏风后面有一位壮硕的女士。对襟的白衬衫几乎要被她的身

第五章　正雄　　201

子撑破，纽扣仿佛随时都有绷出去的可能。她梳着一个结实的丸子头，头上插着一根带白色小花的发簪。肤色白皙，好似新年时神社供奉的那种巨大的镜饼年糕。

不知她是不是没注意到我，一直低着头，手里动个不停。仔细一看，她正用针一下下地戳着一个毛球似的东西，面上似乎带着几分愠怒，拒人于千里之外。

……算了，我也不是非要跟图书管理员咨询，就挑一本看着合适的吧。

脑海里刚冒出这个想法，我的目光就跳到了管理员手边的盒子上。那熟悉的暗橘黄色盒子，是一只点心盒。

盒子里放的不是点心，而是针和剪子。她大概是用这个空盒子装针线了吧。盒盖外侧朝上，就放在盒子旁边。

这盒子以蜂巢为原型做成六边形，盒子边上嵌着装饰，中间是一朵白色的金合欢花。这名为蜂蜜圆饼的曲奇点心盒，来自我长年工作的……吴宫堂。

我不由自主地弯下身，出神地望着那盒子。

图书管理员忽然抬起头来。

"你在找什么？"

你在找什么？

她的声音意外地沉稳而冷厉，在我身体里产生了共振。

我究竟在找什么呢？找我未来的……人生方向？

图书管理员沉默地凝视着我。和她四目相对，我忽然觉得，她好似愠怒的表情中，仿佛蕴含着菩萨像似的宁静的慈悲。

我怯生生地回答：

"想找找围棋方面的书。今天我第一天尝试下围棋,感觉挺有难度的。"

图书管理员用力一歪头,脖子发出清脆的"咔吧"声。她胸前的名牌写着"小町小百合"。小町将针和毛球放进盒子,边盖盒盖边说:

"围棋真是博大精深。它不是抢占地盘的单纯游戏,而是让人联想到生与死。每一局棋,都是一场好戏呀。"

"哈哈,这么深刻的吗?"

这样的话,围棋岂不是和娱乐丝毫不沾边了?娱乐、兴趣这类东西,不应该是让人更兴奋、更快活的吗?

"哎,我大概是不适合下围棋的。"

我挠了挠头,转换了话题。

"……你爱吃这个吗?"

"嗯?"小町的目光移到我身上。我指指那盒子:

"吴宫堂的蜂蜜圆饼。其实,我到去年为止,一直在吴宫堂工作。"

小町细长的双眼突然瞪得老大,她猛地吸了一口气,长长的吸气声十分明显。接着她笑了,仿佛被什么东西附身了似的,神色恍惚地唱起一首歌:

> 咚咚 咚咚 怎么样?
> 你来一块 我来一块 怎么样?
> 咚咚 咚咚 蜂蜜圆饼
> 吴宫堂的——蜂蜜圆饼——!

这是蜂蜜圆饼的广告主题歌,已经传唱了三十多年了。

小町的声音压得很低，屏风外面几乎听不到她在唱歌。而且那歌声纤细高亢，完全想不到会出自她这样庞大的身躯之中。唱到最后一句"蜂蜜圆饼"的"饼"时，她格外用力，拖长了声音："饼嘤嘤嘤——"像个小孩子似的，沉浸于单纯的快乐中。

猝不及防地听到这首歌，我起初吓了一跳，很快就开心起来，几乎要高兴得落泪。

唱完歌，小町很快回过神来，一本正经地说道：

"这个'怎么样'，有很多种解读的方式呢。既有'来一块'的意思，又让人联想到圆饼和吴宫堂的'堂'字。说不定，还有英语'Do'的意思。"[1]

"……精彩绝伦的回答。"

广告中只用了主题歌的一段主旋律，歌本身很长，结尾处还有英语歌词。创作歌曲的时候，我们希望这款糕点能得到全世界消费者的喜爱，无论国籍，无论男女老少。

小町恭敬地向我鞠了一躬。

"感谢您让我品尝到如此美味的点心。"

我苦笑道：

"哎呀，点心又不是我做的。"

是啊，那点心又不是我做的。可是至今为止，我总是因为自己是吴宫堂的员工，就逢人便推荐，仿佛它真的和我息息相关。只要吴宫堂的点心被人夸赞，就由衷地开心，以前是，现在仍是。

但是，我已经……

"我已经不是吴宫堂的人了……"

---

[1] 日语中，"怎么样"的开头发音与"圆饼""堂"的开头发音相同，与英语"Do"的发音相似。

光是说出这句话,我的心都隐隐作痛。小町望着我,缓缓流动的空气,让我感受到她从容的气度,仿佛可以接受一切。

没错,我一直希望有人能听我说说话。眼前这个白白胖胖的……这种形容或许颇为失礼,但现在,我想对着与众不同的小町敞开心扉。

"对于我这样的上班族,退休就等同于退出了整个社会——这是我的实际感受。在公司上班的时候,也经常渴望有一段时间能让我好好歇一歇,可真有了时间,又不知道干什么才好。剩下的人生,就好像失去意义了似的。"

小町不动声色,沉稳地问:

"'剩下的',是什么意思?"

我扪心自问:"剩下的",是什么意思呢?

"就是留下来的东西吧,或者说,多余的东西。"

我自嘲般地回答。这回小町朝反方向歪了歪脖子,又发出很大的响动。

"假如把一盒十二个的蜂蜜圆饼吃掉十个——"

"什么?"

"这时候,盒子里的那两个就叫'剩下的'吗?"

"……"

我一时间说不出话来。小町抛来的提问似乎切中了问题的核心。可是,我无法用合适的语言组织出相应的回答。

我陷入了长久的沉默。小町倏地挺直了腰杆,在电脑前面坐好。像要弹钢琴似的,将双手轻轻放在键盘上。然后——

"嗒嗒嗒——"她以惊人的速度敲击键盘。胖乎乎的手指怎么会动得这么快?实在是让人吃惊。我半张着嘴看着她打字,小町"啪"地在键盘上敲下最后一击。随着这一套行云流水般的动作,打印机立刻"嘎达嘎达"地转起来,吐出一张纸。

我接过这张她递来的纸,上面印着一份表格,列有书名、作者名和书架号。

《围棋基础 攻与守》《从零开始的围棋讲座》《初级·围棋实战演练》。最下面有这样一个名字:

《紫云英与青蛙》。

书名旁边画了个括号,写着"(初级诗歌丛书20)",作者是草野心平。

诗歌?草野心平的确是一位诗人。

可是,她为什么要给我推荐这本书?这跟围棋有关系吗?我仔细地看纸上的内容时,小町朝柜台下面的木柜子伸出手去,拉开最下面的抽屉,摩挲着从里面取出了一样东西。

"来,这个是给你的。"

她的手轻握成拳,对我比画着。我好奇地摊开手心,她将一个红色的毛球放在我手中。那小东西身体四四方方,举着两只小钳子。

"这是……螃蟹?"

"是赠品。"

"赠品?"

"嗯,随书赠品。"

"哦……"

我一头雾水。我是来找围棋类书的,她怎么一会儿青蛙一会儿螃蟹的?

我看了看那螃蟹,做得蛮逼真的,腿脚的弯曲度都很合适。

小町说:

"这个叫羊毛毡。可以做成任意的形状、任意的大小。羊毛毡的自由度很高，几乎没什么局限性。"

原来这叫羊毛毡啊。哪怕她只有这一个兴趣爱好，也是让人羡慕的。

"这也算工作的一种吧，手工艺。"

"欸？"

小町似乎话里有话。我抬起头，她利索地打开蜂蜜圆饼的盒盖，从里面取出针和毛球，低下头开始戳制。她仿佛拉起一张不让人靠近的大网，再和她聊下去好像有罪恶感似的。我无奈地将螃蟹装进腰包，拿着纸往书架的方向走去。

我照她推荐的书目借了书，晚饭后将书拿到家里的西式房间。以前这是女儿的房间，现在一家人共用，有一半放着女儿的东西，还有一半当作置物间。

三十五岁的时候，我买下这套分让公寓的房子。当时还是三室一厅的新房，如今到处都已经破破烂烂。现在家里几乎没有顾客再来，所以没有影响到生活的地方我们也就放着不管。掸不完的墙上的灰尘，破了洞的纸门，吱吱作响的合页都随它们去。

和室是我们夫妻的卧室，除了女儿这间屋子，还有一件西式房间是电脑房。那里宛如依子的城堡，我几乎不敢越雷池一步。

我将书放在千惠上初中时买的书桌上。

我哗啦啦地翻动着围棋书。虽然是自己借回来的，却全然没有阅读的欲望。我才不认为这些书里会有生死攸关的好戏可看。

只有一本书的封面是田园牧歌的风格，搞得我好像借错了书似的。

《紫云英与青蛙》。

封面上有三只神情悠闲的青蛙,一条河从中间流过,两岸涂成让人想起樱花的粉红色。这张明亮的插图是用粉笔画的,小孩子一定会对它感兴趣。

我打开这本书,题为《和诗歌交朋友》的序章映入眼帘。

序章好像不是草野心平写的,而是出自名为"佐和隆史(日:さわ·たかし)"的编辑之手。毕竟是"初级"诗歌书系,序章的遣词造句平实易懂,适合孩子阅读。对诗歌和作者草野心平,都表现出了热忱的爱。

佐和建议读者,遇到喜欢的诗时,无论是喜欢一整首还是一两句,都不妨将它抄在笔记本上。这样就能拥有一本自己亲手做的诗歌精选集。

"了解到诗人的内心,接触到诗人的生平时,感动会越发深刻。读者和诗人的情绪产生了共鸣,这就相当于读者和诗人共度了一段人生。"

和诗人共度一段人生?这也太夸张了。我有些纳闷。

"如果大家哪天也想写诗,一定不要犹豫,将它写下来吧。"哎哟哟——读到这儿,我不由得笑了出来。

但如果只是摘抄,我还是没问题的。书里说只抄一部分就行,我也没什么负担,"精选集"这个词听上去还蛮有品位的。做一本精选集,恐怕比学围棋更简单,还笼罩着浓厚的文学气息,听上去相当不错。

有没有笔记本呢?我拉开了书桌上的抽屉,粗略翻找了一通,摸到了一本大学生笔记本。最开始的两页写了几行英文字母和短句。是我的笔迹。

对了，大概是二十年前吧，我跟着 NHK 的广播讲座学过英语。原来我还有几分求学之心。当时大概是觉得今后的工作中也许用得上，想当成兴趣爱好学学看。可很快就嚷嚷着"四十岁了才学，为时已晚"，没有坚持下去。如果当时就这样一天记上一页笔记地学下来，如今应该也能讲一口流利的英文了吧。

这个本子今后大概不会用来写英文了——我这样想着，撕下写了字的几页扔掉，得到了一个全新的本子。

我将本子颠了个个儿，打算竖着写。

读完三首诗，我拿起笔筒里的水性笔，抄下了读到的第一首：《春之歌》。

哇　春光灿烂。
哇　心花怒放。

河水啊　亮晶晶。
微风啊　徐徐吹。
咕咕咕　呱呱呱。
空气的味道真香呀。

诗还在继续，但我就抄到了这里。

整首诗中出现了四次的"咕咕咕　呱呱呱"应该是青蛙的叫声吧。有节奏感，还配合了前面几句的字数，是不可多得的好句子。

我认真地读了一会儿那诗集。

本以为诗集的基调以《春之歌》这类安闲的内容为主，其实收录的作品有的泛着寂寞的味道，有的则能读出作者晦暗的情绪。

没多久，我就读到了一首名叫《河鹿》的诗。

"啼啼啼啼啼啼啼啼　啼溜啼溜啼溜啼溜啼溜"——上来就是一串富含韵律的诗，令人印象深刻。我一边抄，一边感到疑惑。

这是什么声音呢？这"河鹿"该不会是鱼吧？或者是鹿？

书中没有附带说明，而且还有"夜晚的分界"或"腮帮子鼓啊鼓"等句子，我根本看不懂作者想说什么。

我抄到"啼啼啼啼啼啼啼啼"，然后停了下来。

看样子，理解一首诗也没那么容易，说不定比记围棋规则还难。我合上了本子。

第二天下午，我和依子一起出门。

我们要去的地方，是名叫伊甸园的综合商超，我对那里并不熟悉。依子说，她最近刚刚得知自己班上的一位学生在那里的女装卖场工作。依子拿到驾照后就没开过车，步行去商超又有点远，于是拜托我开车带她出门。我没有理由拒绝她。

我们朝公寓的停车场走去。

"啊,海老川先生!"

依子主动和正在给绿化带拔杂草的管理员海老川打招呼。海老川转身看了看我们。他是一个长脸的男人,刚开始步入老年,年初才和上一位管理员交接完工作。

依子笑盈盈地朝他鞠了一躬。

"上次多谢您的关照。我照您说的清扫了一下,刹车比之前好用多了。"

上周,依子在停车场遇见了海老川,和他聊到"自行车的刹车不太好用了",对方告诉她,用中性洗剂清理一下车闸的位置也许会有改善。

"哪里哪里。好用了就行。我以前在自行车店干过。"

海老川憨厚地笑了笑,继续拔草。他绝对算不上性格孤僻,但话不多。

车子开出大门时,依子说:

"海老川这人,偶然在外面碰见他,说不定都认不出来呢。他脱下工作制服,穿自己的衣服出门的时候,总会戴一顶时尚的编织帽。"

"认不出来?"

"嗯,怎么说呢……有种出尘仙人的感觉?好像脱离于世俗。穿着制服坐在停车场的窗口后面的时候,看上去就是个普通的管理员大叔吧。"

到了伊甸园,把车停在停车场后,依子直接带我去了二层的女装卖场。

"朋香——"

被她叫到名字的女店员看见依子,立刻笑开了花。

"权野老师！你真的来了！欢迎欢迎！"

"我真的来了呀。这是我老公，正雄。"

朋香双手交握在腹部，漂漂亮亮地朝我鞠了一躬。

"初次见面，请多关照。平时我总是受权野老师的照顾。"

"哪里的话，谢谢您平日里多担待我夫人。"

继矢北老师之后，又来了一个朋香。

不通过依子，我都无法跟这个社会产生联系了。

依子开始挑衣服。无所事事的我在卖场里闲逛，一会儿看看外套，一会儿看看裙子。

朋香二十岁出头，是个麻利又爽快的姑娘，气色也很好。最重要的是，我能感觉得出，她对自己的工作前景很乐观，也有冲劲。

"我能试试这件吗？"

依子拿着一件连衣裙问。"嗯，当然可以。"朋香说着，为她掀开试衣间的布帘。

外面只剩下我和朋香，她自然地跟我搭话：

"真好呀，夫妻二人一起来购物。您和老师的关系一定很好吧。"

"也没有……我退休后待在家里，说不定她嫌我给她添了麻烦呢。我一点家务活也不会做。原本以为自己饭菜总是能做的，现在看来也不太行。"

朋香似乎想到了什么，顿了顿，露出一个清爽的笑容。

"……要不，您试着做做饭团？"

"饭团？这东西不太像样吧。"

"我觉得老师会高兴的。男人亲手捏的饭团，米饭会捏得很紧，一定很好吃。饭团的口感，跟握力的大小和手的大小都有关系。要是能吃到老公做的饭团,权野老师心里一定会麻酥酥的!"

"哈哈,真会心里麻酥酥的吗?"我笑着问,"你的男朋友也给你做过饭团吧?"

朋香的脸一下子红了,不过,她没有否认。

依子买了试穿的连衣裙和一件小猫图案的 T 恤,又拽着我去了食品卖场。

"我们在这里买点今晚的小菜吧。"

她朝水产区走去,看来是想吃寿司。

放着生鱼片和贝类的冷柜旁边的小柜台上,好像有东西在台子上动。仔细一看,台上透明的四方塑料容器中盛着溪蟹。

我想起小町送我的螃蟹,于是盯着眼前的活物细瞧。

容器里大概有五十只蟹,挤挤挨挨地浸在不多的水里。小钳子和滑溜溜的身体紧紧相连,有些钳子挥舞着,像在发送某种暗号。

不经意间抬眼一望,我大受刺激。

一块裁切好的泡沫板上用红笔写着醒目的"溪蟹"两个大字,下方用小一号的黑色字补充道:

"可油炸!可做宠物!"

……可做宠物。

这里是食物卖场,溪蟹作为食物贩售当然没有问题。可是,忽然提出"宠物"这个选项,实在让人哭笑不得。

——是将被吃进肚里,还是将备受呵护?

这群溪蟹，可以说是站到了生命的岔路口。

联想到在塑料容器中蠢蠢欲动的螃蟹的命运，我的喉咙口一下子感到一阵苦涩。

对公司来说，我究竟是什么呢？在职的时候，被大家一口一个"部长"地捧着，到头来，还是被名为公司的组织吞噬了吗？

挑选生鱼片的依子忽然回过头来。

"喂，竹笺鱼和秋刀鱼你要哪个……哎呀，溪蟹？"

她饶有兴致地盯着那群螃蟹。

"不行。"

我挤出这句话。

"不行，还活着呢，不能吃。"

"那，我们养几只？"

她半开玩笑地说。

真要养的话，又如何呢？

对螃蟹来说，在狭小的盒子里度过憋屈的一生，真的是幸福的吗？它们真正想要的，难道不是卷入食物链的旋涡之中吗？不，这大概只是人类自私的想法吧。

我一直没有说话。这时，依子的 LINE 收到了一条消息。

"啊，是千惠。"

她点着手机，声音明快。

"她说我要的书送到了。要不我们不买食材了，去千惠那儿一趟吧。她如果上早班的话，四点左右就下班了，也许可以跟我们一起吃。"

我颓丧的情绪舒缓了一些，临走前又看了一眼溪蟹，祈祷它们好运。尽管我也不知道对它们来说，怎样才算"好运"。

我们的独生女千惠在车站前的书店工作。

那是一家名叫明森书店的连锁店。千惠今年二十七岁，单身，大学毕业后以合同工的身份成为书店的一员，借着开始工作的契机从家里搬了出去，在公寓开始了独居生活。

依子动不动就找机会去书店露个脸，我则很少去。我下意识地认为，父母应该少干预孩子的工作。

来到书店，千惠正在文库本书架前接待顾客。一位老妇人在跟她咨询着什么。我和依子站在远处看了她们一会儿。在家时，千惠从未让我见过这种表情。她的笑容柔和干净，但隐隐有些用力。

老妇人满意地点头，一手拿着书对千惠鞠了一躬，朝收银台走去。千惠面带微笑送顾客离开，看到了我和依子。

她穿着白色带领子的衬衫，系着深绿色围裙。这不算书店的员工工服，但好像也是固定的装扮。一头短发十分清爽，很适合她。

我们朝千惠走去，她指着书架说：

"这个宣传页是我做的。"

书架上的书封面朝外陈列，旁边贴有一张明信片大小的卡片。上面列有书的名字，直接地说出那些书的有趣之处。

"做得很好呀。"听了依子的夸奖，千惠得意道：

"宣传页很重要的，可以提高书的销量。有些顾客是通过宣传页了解到书的，也有人看到宣传内容后颇有感触。"

她说的大概没错。我想起在超市看到的溪蟹。要是塑料泡沫板上没写那几句话，我或许不会思考一只螃蟹的命运。

"几点下班？早班的话，要不要三个人一起吃饭？"依子问。

"不了——"千惠摇头，"今天是晚班，还要准备书店活动呢。"

要有个好身体,才能在书店上班。平时一直站着,书又重,整天都要面对各种各样的问题。我就听依子说过,千惠有同事因为腰疼住了院。我有些担心。

"真辛苦啊,别累坏了。"

"没事,明天就休息了。"

千惠好像很开心,快活地回答。

休息——

说起来,退休后我还发现了一个道理。

不上班之后,休息日也跟着不见了。"休息日"只对上班的人有意义。刚退休时的那种解放的感觉,早已消失得无影无踪。

千惠望着依子。

"你们是来拿书的吧?"

"嗯。哦,我还想买一本杂志。等一下,我去拿。"

依子快步朝杂志专区走去。我也觉得买些东西为好,但没什么想看的书。于是突兀地问:

"诗集这类书,放在哪边?"

千惠意外地睁大眼睛。

"诗集?谁的诗集呢?"

"草野心平什么的。"

千惠温柔地笑了。

"哦,我也喜欢草野心平的诗。小学国语课的教科书里也收录过。是叫《咕咕咕、呱呱呱》吗?"

"是《春之歌》吧。"

"没错!老爸懂得还挺多嘛!"

我彻底放松下来,跟在千惠身后。

她带我来到童书专区。我抽出一本一模一样的《紫云英与青蛙》，一边翻页，一边问：

"这首《河鹿》，你知道写的是什么吗？"

"好像也是蛙类吧。溪树蛙[1]。"

女儿好厉害。一下子就解开了我的疑惑。原来河鹿也是青蛙。

"上小学的时候，老师让学生多读草野心平的诗，教过我们好几首呢。这首诗也是那时候学的。书名里的'紫云英'，指的是莲华[2]。"

"是吗。哎呀，这个人的诗，有时候有点让人看不明白。"

"就算看不明白也没关系。诗这种东西读的是氛围感，不必把它想得过于艰深。可以自由展开想象。"

依子拿着一本厚厚的妇女杂志走来。我将书放回书架。

"就是这本，我想要它送的包。"

原来那杂志之所以显得厚，是附送了东西。这么说来，小町送我的"随书赠品"也是这一类东西。我拉开腰包，看了看包里的红螃蟹。

"啊，螃蟹！"

千惠喊起来。不知道为什么，她的脸红了。

"你想要？"

"……嗯。"

她点头，高兴地接过我手中的螃蟹。看着她开心的样子，我的心一下子变得柔软。她竟会为了这个小东西高兴，果然还是个孩子。

---

[1] "河鹿（カジカ）"为溪树蛙的日语汉字写法。
[2] 在日语中，"蓮華（レンゲ）"有紫云英之意。

最终，我和依子在外面吃了一顿饭。回到家，我又在西式房间打开了《紫云英与青蛙》。

得知河鹿是蛙类之后，这首诗一下子有趣了许多。

原来作者写的是蛙鸣啊。

不过，这首诗似乎别有深意，蛙鸣也不像那首"咕咕咕、呱呱呱"一样，满载春天的喜悦。

我还是不知道"分界"和"腮帮子鼓啊鼓"是什么意思，但眼前依稀展开一幅夜幕中水光潋滟的图景。世界仿佛……明明灭灭地闪着光，然后，不知从哪里传来了若有若无的蛙鸣——

噢。

这就是所谓的"诗歌鉴赏"吗？有意思。说不定这还挺适合我的。

接下来，我慢慢地翻动书页，一点点往下读，目光停留在一首诗上。

这首名叫《窗》的诗，是这本诗集中罕见的一首长诗。

海浪涌来。

海浪退去。

海浪舔着古老的石墙。

在这照不进阳光的海湾。

海浪涌来。

海浪退去。

木屐，麦秸屑。

漂浮的油线。

📖

木屑、麦秸屑、油……这是在描写人类扔的垃圾堆在照不进阳光的海湾吗？

接下来，诗作重复了几次"海浪涌来。海浪退去"。原来如此，这首诗让人感受到海浪涌动。

浪涛在遥远的外海到眼前的海湾之间来了又去，让人想到广阔的海上风景。海浪涌来。海浪退去。

然而，但是。

这首诗为什么要叫《窗》？

明明写的全是海浪，名字却不是《海浪》，而是《窗》。

我继续往下读。后半段不再只是描写海浪，还出现了"爱，恨，悖德"等字眼。

我一字不落地将这首诗读到最后，将三页长的诗全都抄在本子上，又重读了好几次。

📖

下个星期一。

我虽然不想再去上围棋课，却不想浪费交的课时费，于是收拾东西准备出门，打算今天上完课，下次就不去了。

依子上次说海老川的帽子很时尚来着。我是不是也应该打扮得时尚些？我想问依子帽子放在哪儿，不巧她去了洗衣店。

我找到一只被挤到衣柜一角的小盒子，里面有一顶黑色无檐帽。那是几年前买东西的赠品。我戴上它，穿上鞋子出了门。

来到羽鸟小学，我从正门口路过，沿着校园的围墙走，听到了学校里的孩子活泼的声音。

我停下来，向校园里看。操场上有一群三四年级的孩子，大概正在上体育课，穿着半袖半裤的体操服，正在做热身。

真可爱，千惠也有过这么可爱的时候。

去观摩孩子们上课的时候，千惠回头看见我，不出声地对我做口型："爸爸——"还被老师批评了。当时我心里笑开了花。

"呵呵呵"，想到这里，我不禁笑出了声。孩子们的童年时光，真是稍纵即逝。

这时，我感受到一道冷厉的目光。转头一看，一位年轻的警察正死死盯着我。我下意识地错开他的目光，刚要走，就被他叫住了。

"喂！"虽然我什么亏心事也没做，还是一下子紧张起来。我假装没听见，加快了脚步。

"等一等！"

警察的喊声吓得我浑身一激灵。这辈子头一遭被这么年轻的男人呵斥，我心里很不是滋味。

我僵硬地停下了脚步，警察走过来，板着脸审问：

"这位大爷，您刚才是想要逃跑吧？"

大爷……

我备受打击。原来我在旁人眼中，已经是个老人了。警察的目光冷森森的。

"我得问您几个问题。姓名？"

"……权野……正雄。"

"职业？"

我沉默着。无业——看来是非这么回答不可了。我难过地低下头，警察继续向我发难：

"能给我看一下您的证件吗？"

我将手伸进腰包，心里一惊。我习惯把驾照、保险证明都放在钱包里。交流中心离家不远，我于是没想太多，身上只带了一些零钱，没拿钱包。

"怎么回事？"警察注意到我的茫然无措和恍惚的神色，又向我靠近了一步。

最后，因为我带着手机，只好打电话给依子，请她来接我。幸好她已经回家了，真是帮了大忙。依子拿着我和她的驾照雷厉风行地赶来，利索地和警察说了一通，我很快得以无罪释放。

围棋课早就开始了，我却没了去上课的心情。走在回家路上，依子一连声地抱怨着：

"那个巡警的确很不像话，可正雄你也真是的。有什么好怕的啊？"

"因为……我吓了一跳啊。不过是觉得小孩挺可爱，站在外面看了一会儿，怎么立刻就被当成罪犯了呢？"

"哎——"依子皱着眉，"哎，但是在工作日的白天，你这样打扮的男人坏笑着看着学校里的小孩，也难怪会被人家盯上。现在对小孩子下手的案子很多呢。"

"我这身打扮怎么了？"

我惊讶地瞪大了眼睛。我穿的是平时常穿的衣服，再正常不过了。而且还戴了帽子，想让自己显得时髦一些。依子指着我的头：

"首先，这帽子就不行。戴得太深了啦。这就够可疑的了！"

"啊啊啊？"

"然后是这松松垮垮的带领衬衫套毛衫。这衣服，不就是在家穿的那件吗？"

说完这些，她又自言自语似的嘟囔着：

"还有，为什么穿毛衫要配皮鞋啊……"

因为和新买的运动鞋相比，我还是喜欢穿上班时候穿惯了的皮鞋。进和室的时候脱鞋也方便。可是，一个人是否形迹可疑，是能通过衣着来判断的吗？穿西装就没问题了吗？我小心翼翼地问：

"毛衫配皮鞋，有那么奇怪吗？"

"想把这两样搭得好看，得有很好的品位才行。"

听到这儿，我恍然大悟。原来依子看不惯我的穿衣品位。以前也是，我拿出来想穿的衬衫经常不知什么时候就被换成了别的，她也曾绕着圈子问过我好几次："你很喜欢那只腰包啊？"她不曾直截了当地说过我衣品不佳，可现在说不定已经忍无可忍了。

我的脑海中掠过矢北老师的那个词："晚年离婚"。一直忍耐的事，也许会一下子变成不可饶恕的事……

"总之，最要不得的就是看见巡警就逃跑啦！"

"我可不是逃跑！是对方自作主张——"

想起那巡警叫我"大爷"，我又要陷入失落的情绪之中。我决定不告诉依子这件事,难过地盯着脚上的皮鞋。

几天后,家里收到一满箱甜橙,是在爱媛经营农场的依子的亲戚寄来的。

"哇——好棒!给海老川先生分一些吧。正好可以当作他教我修车闸的谢礼。"

依子选出几只好看的橙子,装进塑料袋里。

"喏,你给他带去吧。"

"欸?"

"正雄也骑自行车的吧?"

"嗯,这倒是……"

——而且,你很闲吧?

依子没说,我却觉得,她多半是这样想的。

我拎着装了甜橙的袋子,朝管理员的传达室走去。

传达室在大门入口附近。

房间的设计很常见,窗口后面连着一间小屋子。滑动式的玻璃窗总是关着,有必要的时候,管理员会打开窗子和外面的人交流。

海老川斜对着窗户坐在里面发呆,不知正在看什么。

我走过去,他猛地抬起头。我隔着玻璃叫了他一声。

海老川站起来,特意打开了传达室的门。我在门口递上塑料袋。

"爱媛的亲戚给我们寄了很多甜橙,想分给您一些——"

"太谢谢了。"

海老川接过甜橙。他身后有一台显示器,好像是在显示监控摄像头的影像。刚才他也许是在看这个吧。这时,海老川说:

"对了,权野先生,您和太太爱不爱吃水羊羹?"

"呃,还好。"

"前天我收到一些,可我其实不太能吃甜的。要是您能收下一些就好了。等一下啊!"

这也是别人送他的礼物吧,还真是不少收人家东西呢。要是他也不喜欢这甜橙,可怎么办呢?

我站在外面这样想着,而海老川转身走进屋里。

这是我第一次看到传达室里面的样子,比我想象中的要大一些。从外面看,房间似乎只有海老川坐的那块位置大小,可里面还有小小的水池和收纳架。

架子上塞满了文件,桌上也是堆积如山的资料,墙上挂着一块写字板。俨然是一间完整的"办公室"。

桌子前面,是一扇很大的玻璃窗。

"……窗。"

我下意识地喃喃。

要伸手拿点心纸袋的海老川回过头。我用三两句话应付过去:

"啊,没什么。我在想管理员的工作都有哪些。退休后我的时间充裕,不知道能不能找个合适的地方干活。"

这些话是我为了撑场面随口说的,真说出口,却发现并非信口胡诌。既然我身体健康,时间充裕,又觉得没工作很难受,不如再投入工作之中。这个道理我很清楚。

可是，只在公司上过班的我，很难想象退休后要找一份怎样的工作。这也是我六十岁时没有退休，又提出继续受聘申请，一直干到了六十五岁的原因。

"请进。"海老川小声说。我走进传达室里面。

"居民原则上是不能进来的。如果有人问起来，麻烦您说是来找我反映问题的——为了改善管理状况。"

接下来，海老川向我短暂说明了管理员的工作。包括工作内容、时薪，以及他是在哪里应聘的等等。他比我大一岁。

玻璃窗外，可以看到来来往往的行人。

居民，访客，快递员。

小孩，大人，老人。

我望着窗外的风景，不由得想起那首名为《窗》的诗。

海浪涌来。海浪退去。

原来海老川风雨无阻，每天都从这窗户中看着涌动的人潮呢。

看着人们一天接一天的、循环往复的生活。

"好多人从外面经过啊。"我说。

"嗯。很神奇呢，只是隔着一层玻璃，里面和外面，就仿佛成了两个不同的世界。外面的人就像水族馆的水箱里游泳的鱼。但对外面的人来说，这间传达室更像一只小小的水箱吧。"海老川笑着说。

或许他说得没错。没有生命的玻璃，彻底阻绝了生物的气息。

不久前，我曾在大门口看到一对大声争吵的年轻夫妻。大概他们没有意识到窗户里面有人吧。看到我，他们吓了一跳，没有再吵下去。可之前的内容，只怕全让窗户里的海老川听见了。

第五章　正雄

一位驼着背的老奶奶慢悠悠地经过大门口，朝我们这边规规矩矩地鞠了一躬，我跟着海老川，也朝她鞠了一躬。

我见过她，但不知道她住在几层。

"啊，太好了。看来她今天也精神很好。平时她总是差不多在这个时间经过。因为她一个人住，我有点担心。我做过一段时间的按摩师，从走路姿势可以轻松地看出一个人的身体状况。"海老川说。

我瞪大了眼睛。

"海老川先生，您不光在自行车店干过，还干过按摩吗？"

他哈哈大笑：

"我做过很多份工作。一有想干的工作，立刻手痒得不行，简直坐立难安呢。"

"欸……不过这些经验迟早会派上用场，很不错呀。"

海老川慢吞吞地对心悦诚服的我说：

"不过，做一件事之前，我从来没想过它之后能不能派上用场。我只是觉得，心动就足够成为尝试的理由了。"

心动。

我曾经对什么事情心动过吗？

"我换过好多次工作呢。我也当过上班族，而且去过很多家公司。造纸工厂、房间保洁、保险公司、自行车店、拉面店。哦，我还开过古董店！"海老川继续说道。

"欸？你还开过古董店！"

他的脸紧紧皱了起来，然后开心地说：

"那是最不挣钱的工作了，不过很有意思。最后还不上欠债，只好关了店。去拜托远方亲戚帮我找工作的时候，警方以为我跟熟人借了钱跑了，还四处找我来着。虽然后来我勤恳工作，把债都还清了，但当时店里的常客们，好像直到最近都以为我跑路了。这帮警察也真是的，只管把事情闹得沸沸扬扬，却不会告诉大家问题已经解决了。"

想起被警察盘问的那次，我一个劲地点头。

海老川先生不慌不忙地说：

"但是，警察也只是履行他的工作职责。做得不对的是我，是我没和借钱给我的朋友说清楚。"

我不再点头。海老川说得对。那位年轻的警察，也不过是在做他该做的事——保护孩子们。他其实做得很好。

"现在误会解开了吗？"我问。

海老川忽然露出温柔的笑容。

"嗯。一个做房地产生意的常客和这里的管理公司有联系，我们偶然有了碰面的机会。我听他说，当时常来我店里的一个高中生现在正准备开古董店呢。当时那孩子才十几岁，现在已经三四十岁啦。虽然我的店倒闭了，但能让其他人萌生此生要开一家店的想法，也不错呀。"

我望着海老川的侧脸。那张脸上布满深深的皱纹，皮肤干干的。

他身上有一股豁达的特质，确实像依子所说的那样，好像出尘仙人似的。

海老川挑战了许多种职业，经历了五花八门的故事，还点亮了别人的人生，成就了一番伟业。除了那位高中生，他一定还给很多人的人生带去了光亮。

我低下头。

"……您真厉害啊。至今为止，我只在一家公司做着上面安排的工作。像您这样用自己的人生去影响他人的事，我一件也没

第五章 正雄

做过。退休的那一瞬间,我就成了对社会没用的人。"

海老川和蔼地笑了笑。

"所谓的社会,到底是什么呢?对权野先生来说,公司就是社会吗?"

我按住心口,那里好像被什么东西扎了一样刺痛。海老川朝窗外望去。

"归属感是一种说不清道不明的东西。即便在同一个地方,隔着窗玻璃这样一层透明的隔板,外面的世界就仿佛和自己无关了。扯掉这层隔板,一切又仿佛和自己息息相关。明明看到的都是同一片风景。"

海老川深深地望着我。

"权野先生,我觉得呢,只要是人与人发生关系的地方,就都是社会。因交会而发生的事,关乎过去也关乎未来。"

因交会而发生的事,关乎过去也关乎未来。

仙人的话有些深奥,我一时间无法理解透彻。

但正像海老川说的那样,在我心里,社会也许就是公司。而且我已经把社会当成了窗外的风景,当成了只能隔着玻璃漠然地眺望,看得见摸不着的世界。

以前的我每天都从窗外经过,现在却在窗户里面,和海老川说话。

如果顺着海老川的思路往下想,对现在和他产生联结的我而言,窗户里面的世界……也是社会吗?

海浪涌来。海浪退去。海浪舔着古老的石墙——

社会上,处处可见汹涌的浪涛。

草野心平是在哪扇窗中凝视海面的呢?

为什么他不是从海滩眺望大海,而是从窗户中眺望呢?

也许是因为他知道大海的美丽和恐怖？所以特意隔着玻璃窗，让自己以旁观者的身份眺望那个世界？

当然，这些不过是我的想象。

但我有了一点点——真的只是一点点，和他度过了一段人生的感觉。

第二天白天，我独自来到车站大楼的明森书店。我没有和依子说，却带走了两只甜橙，现在依子也许已经知道我去哪里了。

千惠正在文库本专区整理散乱的书本。我向她打了个招呼，她笑道："爸爸最近常来呀！"

一座座平放着的文库本小山上，立着亮粉色的宣传广告页。卡片上画着叶子的图案，"《粉色悬铃木》"这几个艺术字设计得十分立体。

"这也是千惠做的吗？"

"嗯。彼方美津江老师的《粉悬》。最近由小说改编的电影开始公映了。"

文库本的腰封上，印有两位人气女演员的照片。她们两个应该是主演吧。千惠陶醉地说：

"这本小说，写得真的很好。人物对话总是在不经意间打动人心。不光女读者喜欢，爸爸这样年纪的大叔也说自己被书的内容感动得直哭呢。杂志连载结束后，小说又结集成书，虽然内容没有变化，但读者的范围又扩大了不少。真是太好了。"

"嗯——"我望着一脸兴奋的千惠。

"爸爸来买书吗?"千惠问。

"不……我有个问题想问你。"

千惠转了转眼珠,小声说:

"再过一会儿就到休息时间了,你等我一下。我们一起吃午饭吧。"

书店的午休时间据说是四十五分钟。千惠解开围裙,我们一起去了车站大楼里的餐厅。走进一家荞麦面店,在一张桌子前面对面地坐了下来。

千惠喝了一口温热的焙茶,长出了一口气。

"忙吗?"

"今天不算太忙。"

千惠拿汤匙的手,指甲剪得又齐又短。印象中,她上大学的时候蓄着长长的指甲,涂了五颜六色的指甲油。她虚弱地笑了笑:

"今天说了正式员工录用的事,我还是没录上。"

千惠今年应该已经干满五年了,但之前我就听说从合同工转成正式员工很难。看来书店行业蛮残酷的。

"……是吗,好遗憾呀。"

"也没有,有一份工作可以做,我已经很感激了。"

荞麦面上桌了。千惠点的是天妇罗荞麦面,我点的是油豆腐荞麦面。

"都说书店正在慢慢减少呢。现在的书都不好卖。"

我边把油豆腐往面汤里蘸边说。千惠的脸一下子沉了下来。

"别说了。都是你们这些自以为明白行情的人总说这种话，业态才成了这副模样。永远有人需要读书。书店里，还是会有人遇见对自己来说重要的书。我绝不会让书店从这个世上消亡的。"

千惠用力吸溜着荞麦面。

没想到她在抱怨自己没转成正式员工的同时，竟然还怀着这样宏大的愿望。

所谓的动心，也许就是这样吧。看来她是真的很喜欢书，也喜欢书店的工作。

"……对不起，千惠。你这么努力，我却说了丧气话。你比爸爸能干多啦。"

我停下手上的动作。千惠用力摇头。

"爸爸也很棒啊，在一家公司一直干到最后。爸爸也很努力的。吴宫堂的蜂蜜圆饼，人人都喜欢。"

"不，那蜂蜜圆饼又不是爸爸做的。"

我和小町也有过同样的对话啊——想到这儿，我又拿起了筷子。千惠紧紧皱起眉来：

"欸？要是这么说的话，我也还没卖过一本自己写的书呢！不过，只要卖出了自己看好的书，我就特别开心。所以写宣传页的时候，我也很花心思。从情感上讲，我有时觉得，自己推荐的书就像自己写的书似的。"

千惠大口嚼着天妇罗。

"光有做东西的人是不行的，必须有人说出它们的好处，把东西递到另一个人手上。一本书从印刷完成，到它来到读者手中，你觉得它会和多少人产生关联？我也是整个过程中的一部分，我为此而感到自豪。"

我望着千惠。之前，我们从来没坐下来认真地聊过工作上的事。原来不知不觉间，她已经这么懂事了。

蜂蜜圆饼不是我做的。但曾经的我也和千惠一样，满怀热情地向人推荐它的美味。从点心出厂，到吃下它的人绽开笑脸称赞它好吃的那个瞬间，我或许也曾真切地成为整个过程中的一环。想到这里，我不禁觉得自己四十二年的时光没有白费。

"啊，对了。说起来——"

荞麦面快吃完的时候，千惠从托特包里拿出一本书：《紫云英与青蛙》。

"听说爸爸在读草野心平，我很高兴，就买了一本。"

千惠打开书，哗啦啦地翻着书页。

"这首名叫《窗》的诗很不错。在整本诗集当中，是气质独特的一首。"

没想到，我们父女俩注意到了同一首诗，我很高兴。

"这首诗，为什么取名为《窗》呢？你不觉得很奇怪吗？"

"嗯……"千惠喃喃着，目光依然停留在书页上，"我推测，也许是作者当时住在民宿，有一天他打开窗户，忽然看到了大海，于是将内心的感动写成了诗吧？也许作者以前只关注到房间里面的模样，忽然发现外面的世界如此宽广。他在窗边吹着海风，觉得壮阔的大海和自己的人生重叠在了一起。"

书还摊在桌上，千惠按着胸口告诉我，她认为诗的结尾是作者将自己融入眼前的世界之中得出的结果。我很惊讶。明明是同一首诗，我读到的内容却和千惠完全不同。

看来和千惠共度人生的那个草野心平，还是相当乐观积极的。

诗歌可真好——我由衷地称赞。

其实，除了草野心平我并没看过别人的诗。但读者对他的诗各有各的理解，这才是有趣的地方。千惠合上书，静静地看着封面的青蛙。

"对我来说，以读者的身份买书也是图书流通过程中的一环。在出版界兜兜转转的人，不光是那些职业与书相关的人，更多的其实是读者。做书的人，卖书的人，读书的人——书是属于所有人的。我觉得社会就是这么回事。"

社会。

这个词从千惠口中说出来，吓了我一跳。

在世界兜兜转转的人……不光是工作的人……

千惠把书装进包里。这时，我看到别在书包上的螃蟹，不由得指着它说了声："这个！"

千惠天真地说："啊，这个。我觉得它很可爱，在后面加了别针，别在包上了。不错吧？"

太好了。这只螃蟹比在我身边的时候过得幸福多了，也算是满足了它的期望吧。

千惠看着螃蟹微笑道：

"……我上小学的时候，不是和爸爸一起参加过'亲子螃蟹跑大赛'吗？"

"螃蟹跑？"

见我纳闷地反问，千惠笑了。

"你不记得啦？是我上三年级的时候呀，运动会有亲子比赛项目。父母和孩子背靠背，用螃蟹走路的姿势赛跑。虽然我们得了倒数第一。"

"好，好像是啊……"

"爸爸那时候说，学螃蟹走路很有意思，风景横着从眼前掠过，看到的世界比以前广阔了。横着走，就变成了宽景视角呢。"

我模模糊糊地忆起这件往事，我真的说过这样的话吗？不过千惠的记忆肯定不会出错。她有些不好意思地低下头：

"长大以后，我还是经常想起爸爸当时说的这句话。如果一直看着前面，视野就会变窄。所以每当我苦于不知该怎么走下去的时候，就会告诉自己：不妨试着换一个宽广的视角，卸下肩上的压力，学学螃蟹走路。"

原来千惠会这样想呀。

我心中感慨万千，竭力忍着不让自己哭出来。

一直以来，我都很惦记她。

在千惠的成长过程中，我一心扑在工作上，把育儿的责任全推给了依子。

我总是担心自己和她共同制造的回忆也许太少了，后悔自己没教给女儿任何人生的道理。

"只要是人与人发生关系的地方，就都是社会。因交会而发生的事，关乎过去也关乎未来。"

我想，我终于明白了海老川这句话的意思。

社会不只局限在公司之中。父母与子女之间，也有一个完整的"社会"呀。我无意中说的一句话，被年幼的千惠赋予了重要的意义。我的话被她深深地记在心里，而长大后的她又深深打动着我。

那只螃蟹在千惠的包上望着我，仿佛马上就会舞起它的钳子。

迄今为止，我一直不停地往前走，我认为人生是一条纵向伸展的长路。

但现在我开始思考：两旁的景色中，能看见什么呢？

我身边的女儿、妻子,每天的生活,究竟是怎样的呢?

千惠朝店员招招手,请他帮忙续一杯茶,然后忽然若有所思地望着我:

"对了,爸爸想问我什么来着?"

几天后的午后,我去交流之家的借阅室还书。

前几天那位穿绿衬衫的男员工站在咨询台那边兼做屏风的留言板前面,正在贴一张海报。

"浩弥,再往右一些。"

望美站在远一些的地方发出指令。被唤作浩弥的年轻人拿掉右上角的一个图钉,调整海报的位置。

一日图书管理员体验——借阅室似乎要办这个活动。海报上画着一只看书的羊,旋涡形状的羊角好似有独立意志的生物。整张海报有种悬疑风,独具魅力,让人眼前一亮。

"你们好。"我和他们打了个招呼,从旁边走过去。望美笑了:"啊,您好。"

屏风后面——

小町果然坐在那里,戳着羊毛毡。她注意到我,停下了手上的动作,目光集中在我拎的纸袋上……那上头有一个吴官堂的商标。

"我带了慰问品,请收下。"

我从纸袋中拿出一盒十二只装的蜂蜜圆饼。

小町双手托着脸,小声说:"……好开心。"

第五章 正雄

从今往后,我还是会满怀自信和自豪地,向人们推荐蜂蜜圆饼,继续吃蜂蜜圆饼。因为,从情感上讲,我就是蜂蜜圆饼。

"谢谢您。"小町站起来收下点心盒子。我对她说:

"你之前问过我,假设十二个装的蜂蜜圆饼吃掉了十个,留在盒子里的两个是不是就算'剩下的'。现在,我好像知道这个问题的答案了。"

小町端着盒子看着我。我微笑道:

"盒子里的两个,和第一个被吃掉的蜂蜜圆饼没有任何区别。每一个蜂蜜圆饼,都一样好吃。"

没错。我终于明白了。

我呱呱坠地的那天,站在这里的今天,和即将到来的许多个明天。

每一天都值得被珍惜,每一天都一样重要。

小町满足地嘿嘿一笑,抱着盒子坐下了。

我慢悠悠地说:

"我想问你一个问题。"

"什么问题?"

"关于……随书赠品,你是怎么选的?"

选书方面,小町大可以依靠自己多年的经验和直觉,判断出该给顾客推荐怎样的书。可是,在超市看见溪蟹、曾经和女儿参加过亲子螃蟹跑大赛的事,小町自然不可能知道。

说不定她有什么了不得的秘诀呢——我暗自期待着,小町却若无其事地回答:

"随便选的。"

"哈?"

"如果故意耍帅的话,我会说那是靠灵光一现。"

"灵光一现……"

"如果我选的东西能引领你抵达某个地方,那是我的荣幸。那真是太好了。"

小町目光灼灼地望着我。

"不过呢,其实我什么也不知道,也没人告诉我任何信息。大家都在收到我送的赠品后,各自探究它的意义。书也是如此。作者无意之间写下的几句话,也许没有特别的深意,读者却和自身联系起来,得出只属于自己的结论。"

小町打开点心盒,再次向我道谢。

"非常感谢。我会和丈夫一起品尝的。"

我想象着这盒蜂蜜圆饼被小町夫妇打开,给他们的眼睛、味蕾和心灵带去欢喜的场景。一盒点心辗转来到品尝者的手中,而我很光荣地,成为整个过程中的一部分。

五月来了。

一个晴朗的午后,我和依子在公园附近的公民馆大厅见面。上午她要给高级班的学生上计算机课,我们约定下课后去郊游。

我和依子走在满园樱树萌发新芽的公园中。

我的双肩包里装着饭团。这是给依子的惊喜。她不在家的时候,我偷偷试着做了好几次。那次在荞麦面店吃饭时,我问了千惠依子爱吃什么馅料。

野泽油菜。

她居然爱吃这个,我想。幸亏提前问了。我自己的话,无论如何是想不到的。在这之前，我连依子爱吃什么都不知道，可她却熟知我的喜好。

我们坐在长椅上。当我拿出包着保鲜膜的饭团时，依子惊叫起来。她看了看我，又看了看饭团，咬下一口，瞪大了眼睛喊道："野泽油菜！"我不知道她心里有没有麻酥酥的，但看到依子高兴的样子，我也很开心。忽然，依子低着头说：

"……正雄啊，我被裁员的时候，你不是开车带着我去长野兜过风吗？"

"啊？嗯。"

依子四十岁时，公司因为经营不善解雇了一批员工，她是最先收到解聘通知的。听公司的意思，大概是觉得她有丈夫可以养家，不工作也没什么关系。

"被辞退不是因为我工作能力差，但我到底是不甘心啊！"看到依子落泪，嘴笨的我不知道该怎么劝慰，只好约她出去兜风。那次，我们还去泡了当日往返的温泉，我是真心希望她能振作起来。依子看着手中的饭团，继续说道：

"当时，我坐在副驾驶位置，看着你的侧脸想：虽然被解雇了，我好像是失去了重要的东西，但实际上，我不是什么也没失去吗？因为和之前相比，我自己一点变化也没有呀。我不过是离开了之前工作的公司。是真的仅此而已。无论是工作带给我的喜悦，还是和重要的人一起度过的幸福时光，今后我还是能以自己的方式，紧紧地握住它们呀。然后我就决定了，从今往后我要做自由职业者。"

依子望着我，笑得很灿烂：

"那时我们在长野吃了野泽油菜，好吃到令我念念不忘，从那以后它就成了我最爱吃的菜。"

我也回给依子一个微笑。从千惠那里打听到野泽油菜，算是我耍了点小聪明。但依子应该会原谅我的。毕竟今天我们坐在这里吃饭团的情景，我今后也一定无法忘记。

我也开始撕饭团的保鲜膜。依子说：

"矢北很高兴你去呢。他的课有意思吗？"

围棋教室五月份的课时费我已经付完了。

我重新读了小町为我推荐的围棋入门书，尽管有许多不懂的地方，但还是有一种熟悉的感觉。这肯定和我在围棋课上接触到的知识有关，尽管只去了一次，我还是摸到了围棋的根基。如果事先没有一点接触，一定不会有这样的感觉。原来那"一次"的体验，竟然如此重要。我产生了好奇，想知道小町那个"围棋如戏"的比喻到底是怎么得来的。

"很难啊。我努力地去记了，但还总是会忘。"

我笑了。

"不过，每次又会想起来：'啊，是怎么回事啊。'这个过程很让人开心，所以也就还好。我打算再学一段时间看看。"

有没有价值，能不能派上用场？一直以来，也许是这种价值观念在困扰着我。可是，动心就是难能可贵的——意识到这一点后，想做的事立即多了许多。

手擀荞麦面的制作体验、古迹巡礼的旅行团、依子教会我上网后我在网上报名的英语口语学习，我都想试试看。就连羊毛毡制作也想试试。假如看到有意思的招聘启事，也大可以去应聘看看。

我打算用宽景视角，细腻地、全方位地享受每一天的生活。

📖

吃完饭团，我们穿着运动鞋，在初夏的绿意中散步。

鸟儿在叫，风儿在吹，依子在我身边笑。

我不会逃避自己的人生。

从今往后，我要认真地收集我喜欢的东西。做一本独特的、只属于自己的精选集。

📖

有话语从心里涌出，我即兴把它们说了出来：

哎呀　哎呀　正雄要往前走啦

走吧　走吧　正雄要启程啦

哦哟　依子就在　他身边哟

"你念的这是什么？"

依子吃惊地问。

"是正雄之歌。"

依子听了我的回答，点点头说："品位不错嘛。"

附录

【出现在本作中,真实存在的书】

《古利和古拉》中川李枝子著,大村百合子绘,福音馆书店
《与英国皇家园艺协会共享——植物的神奇》盖伊·巴特著,北绫子译,河出书房新社
《月之女童》《新版月之女童》石井由香里著,阪急交流/CCC Media House
《进化之旅》罗伯特·克拉克、约瑟夫·华莱士著,渡边政隆校译,白杨社
《紫云英与青蛙》草野心平著,银之铃社
《21卫门》藤子·F·不二雄著,小学馆
《乱马½》《福星小子》《相聚一刻》高桥留美子著,小学馆
《漂流教室》楳图一雄著,小学馆
《危险调查员》浦泽直树著,小学馆
《日出之处的天子》山岸凉子著,白泉社
《北斗神拳》武论尊原作,原哲夫漫画,集英社
《火鸟》手冢治虫著,角川社

【参考图书】

《开一家梦中的猫书店》井上理津子著,安村正也支持,ホーム社(Home社)

《最有趣的矿物图鉴》佐藤佳代子著,东京书店

【采访支持】

Cat's Meow Books(猫喵书店)安村正也先生

OSAGASHIMONO WA TOSHOSHITSU MADE
Text Copyright © Michiko Aoyama 2020
All rights reserved.
First published in Japan in 2020 by POPLAR Publishing Co., Ltd.
Simplified Chinese translation rights arranged with POPLAR Publishing Co., Ltd.
through PACE Agency Ltd.

© 中南博集天卷文化传媒有限公司。本书版权受法律保护。未经权利人许可，任何人不得以任何方式使用本书包括正文、插图、封面、版式等任何部分内容，违者将受到法律制裁。

著作权合同登记号：图字 18-2022-177

图书在版编目（CIP）数据

人生借阅室 /（日）青山美智子著；烨伊译 . -- 长沙：湖南文艺出版社，2023.1
ISBN 978-7-5726-0869-8

Ⅰ．①人… Ⅱ．①青… ②烨… Ⅲ．①长篇小说—日本—现代 Ⅳ．① I313.45

中国版本图书馆 CIP 数据核字（2022）第 175659 号

上架建议：畅销·日本文学

RENSHENG JIEYUESHI
人生借阅室

著　　者：	［日］青山美智子
译　　者：	烨　伊
出 版 人：	陈新文
责任编辑：	刘雪琳
监　　制：	邢越超
策划编辑：	韩　帅
特约编辑：	白　楠
版权支持：	金　哲
营销支持：	文刀刀　周　茜
封面设计：	沉清 Evechan
羊毛毡制作：	Yuko Sakuda
摄 影 师：	Yoshiko Kojima
版式设计：	梁秋晨
内文排版：	百朗文化
出　　版：	湖南文艺出版社
	（长沙市雨花区东二环一段 508 号　邮编：410014）
网　　址：	www.hnwy.net
印　　刷：	三河市兴博印务有限公司
经　　销：	新华书店
开　　本：	855mm×1180mm　1/32
字　　数：	186 千字
印　　张：	7.75
版　　次：	2023 年 1 月第 1 版
印　　次：	2023 年 1 月第 1 次印刷
书　　号：	ISBN 978-7-5726-0869-8
定　　价：	52.00 元

若有质量问题，请致电质量监督电话：010-59096394
团购电话：010-59320018